えっ？
子ども？
こんな夜の雪山に！

セシル文庫

幼児になった呪われ王子に口説かれています

～昼は三歳児、夜は美青年と山暮らし～

滝沢 晴

イラストレーション／亜樹良のりかず

◆目次

この作品はフィクションです。
実在の人物・団体・事件などに
一切関係ありません。

幼児になった呪われ王子に口説かれています

〜昼は三歳児、夜は美青年と山暮らし〜

1

雪深い山奥の一軒家を、満月が煌々《こうこう》と照らす。

就寝したばかりの家主のベッドに、カーテンの隙間から柔らかな月光が差し込んだ。

ときおり入眠を手伝ってくれる、丸くてもふもふした闇の精霊たちが、今夜は「起きて起きて」と髪を引っ張るので、家主のユベールは寝ぼけた状態でうっすらと目を開けた。

「ん……どうしたの」

先ほど腕の中で夢の中に旅立った三歳くらいの居候《いそうろう》リュシアンが、そこにいないことに気づく。

「あれ……リュシアン？」

背中がぽかぽかするので、どうやら背後からしがみついているようだ。寒がりのリュシアンを思って、ユベールがそっと手を回す。

ごつ、とした手触りに、ユベールは硬直した。先ほどまでのふくふくとした手触りではなく、骨と筋肉の感触だったのだ。

（な、なんだ、僕の後ろにいるのは）

「うーん……、さむい」

背後から、低い男の声がする。

おそるおそる振り返ると、黒髪の青年がすうすうと寝息を立てていた。

「う、うわあっ」

ユベールは慌てて身体を起こして飛び退こうとするが、その青年に腕をがっちりと捕まれていて動けなかった。

（なんて力だ……！）

驚いたのはそれだけではなかった。

わずかな月明かりでも分かるほどの、整った顔立ちの青年だったのだ。通った鼻筋に薄い唇、長いまつげ――美青年という言葉でも表現しきれない。

ユベールの動作で、青年がゆっくりと目を開ける。長いまつげに縁取られた二重の切れ長の瞳が月光を取り込み、まさに宝石のエメラルドのようにきらめいていた。命を吹き込まれたばかりの美術品かのようだ。

（もしかして人間……じゃない……？）

青年は「寒い」と小さくつぶやくと、ユベールを引き寄せてぎゅっと抱き込んだ。

「寒くて目が覚めたぞ、あたためろ――」

ごつごつとした感触で気づいたのだが、彼は裸だった。寒いはずだ。

(一体どうなってるんだ？　さっきまでリュシアンと一緒だったのに、彼はどこだ？)

この偉そうな口調は、一カ月一緒に暮らした幼児のリュシアンと似ているし、髪や瞳、肌の色も全く同じだが、いかんせん年齢が違いすぎる。おそらく二十二歳のユベールよりはるかに年上だ。

抱きしめられたユベールはなんとか手足をじたばたさせたり、身体をよじったりして、彼の腕から抜け出そうとした。

「は、離してください！　リュシアン、リュシアンはどこ！」

ユベールの言動を不思議そうな表情で見つめ「ここにいるが？」と答えた彼は何かに違和感を覚えたのか、わさわさとユベールの身体をまさぐる。

「わっ、わわ、何を！」

「ユベール、お前縮んだか……？」

そう言ってこちらを見つめる。

美しい青年はきょとんとして、何度もまばたきをした。そうして自分の大きな手をじっ

と見つめ、今度は自身の身体をぺたぺたと触る。

しばらくして、ぱっと表情が明るくなった。

「元の姿に戻ってる！」

青年は身体を起こすと、全身をくまなく見つめた。股間くらい隠してほしいと思いながら、ユベールは目を覆う。

「ユベール、俺、元に戻ってる！」

「ど、どちらさまですか……！」

ユベールは分からずに半泣きで問うと、青年はベッドから立ち上がった。

「俺だよ、リュシアンだ！　言っただろう、二十四歳だって！　まさかこんなに急に呪いが解けるなんて……！」

リュシアンは、ユベールの家に居候していた三歳くらいの男の子だ。こんな大きな男ではない。信じられるはずがない。

しかし、リュシアンを名乗る青年は、ユベールの警戒など気にもかけず、自分の手足に触れては喜んでいた。月明かりだけでも分かる、鍛え上げられた肉体だった。背もユベールより顔一つ分高い。顔だけでなく体つきまで美術品のようだった。

「ユベールが呪《のろ》いを解いてくれたのか？　感謝する、褒美《ほうび》を取らせよう！」

終始偉そうな口調の彼に再び強く抱きしめられた。

ユベールは思わず叫んだのだった。

「まず服を着てください！　あなた全裸です！」

ユベールは幼児リュシアンの言葉を思い出す。

確かにリュシアンは、自分のことを「二十四しゃい」と言っていた。

三週間ほど前、彼がやってきて突如居候になった夜に――。

＋＋＋

ユベールは雪に埋もれた細い山道を懸命に走った。

「待ちたまえ！　話は終わっていない」

背後から、男性が叫んでいる。

「僕は終わりました、お引き取りください！」

ユベールを追っている男たちは、身なりからしておそらく貴族だ。その当主のような風格の男性は四十代くらい。亜麻色の髪が印象的な美形の中年だった。

そんな人物が、雪深いモンテルシオ山でひっそりと暮らす自分を訪ね、こうも追いかけ回す理由はたった一つ――。

「我が家門《かもん》とも魔石の取り引きをしてほしいだけだ！」

ユベールは「だからできないんですってば」と叫んで、木の陰に隠れた。が、二十二歳という若さのわりには足が遅いので、このまま走って逃げてもあっという間に追いつかれてしまう。指で円を描き、こう祈った。

『精霊たちよ、私のそばに』

数秒後、身体が温かくなったかと思うと、男たちは真横にいるユベールに気づかないまま走り抜けていった。精霊たちが自分を彼らから見えないようにしてくれたのだ。

「足跡が消えたぞ」「華奢な見た目にだまされた、逃げ足が速い」などという彼らの声を聞きながら、ユベールは自分の住む小屋へそろりそろりと戻った。

小屋に戻ると、自分をかくまってくれた精霊たちに礼を告げた。彼らがぽんと姿を現した。手に載るサイズの、陽光の精霊だった。光のヴェールで作ったドレスが愛らしい。

「お礼になるか分からないけど、ライ麦のパンでも持っていく？」

キッチンのかごからパンを一つ取り、彼らに差し出す。陽光の精霊たちは、喜んでそれを抱えて飛び去っていった。去り際に、この小屋も人から見えないようにしてくれたようだ。数日の効果だが、今日の貴族たちを追い払うにはちょうどいい。

「はあ……しつこかったなあ」

ユベールはロッキングチェアに座って、大きなため息をついた。フードをかぶっていたし、すぐに断って逃げ出したので、あの貴族たちに顔は見られていないだろうが、再び訪ねてくる可能性もあると思うと憂鬱《ゆううつ》だった。

そうしてリビングの肖像画の一人に、こう話しかける。

「カトリーヌ先生、あなたならきっと瞬く間に蹴散らしていたでしょうね……」

肖像画には二人描かれていた。

一人はアッシュブロンドを短く切りそろえた青年——十八歳のころの自分だ。丸っこいアンバーの瞳は、我ながらどこか自信がなさそうに見える。画家がサービスしてくれたのか、とても美形に描いてくれてはいるが、その自信のなさそうな表情と幼顔のせいで、はかなげに見えるのだった。

もう一人は、みなしごだったユベールを『魔石錬成士《れんせいし》』として育ててくれた師匠《ししょう》、カトリーヌだ。気が強く、厳しくも優しい女性で母親のように思っていたが、二年前、肺の持病が悪化して五十八歳で他界した。

この国にはさまざまな場面で魔石が使われている。

魔石とは、炎が出る、周囲を照らす――など特定の用途に使える魔法の石のことで、それを錬成するのが「魔石錬成士」だ。

かつては大勢いたし、魔石も一般に流通していたが、戦《いくさ》で魔石が使われ多くの命を奪うことになったため、その状況を嘆《なげ》いた魔石錬成士たちは山奥に身を隠すようになった。そうして「平和利用のみ」という約束のもと、王家とのみ取り引きするようになったのだ。

取り引き相手を絞ったため、魔石錬成士たちは自然と技術伝承《でんしょう》をやめるようになり、次第にその数を減らしていった。カトリーヌが最後の魔石錬成士だったが、彼女は何を思ったのかユベールを後継者に育てたのだ。

そしてカトリーヌ亡き今、ユベールはこの国でただ一人の魔石錬成士となってしまった。

「怖かったなあ、今日の人たち……もう来ないでほしいな……」

幼い頃から、山奥で師匠と二人でひっそりと暮らしていたこともあって、師匠以外の人間と交流することがほとんどない。以前は行商《ぎょうしょう》の若い男性が来ていたが、トラブルでぴたりと来なくなったし、やけに対応が丁寧な王宮の担当者が魔石の受け取りに年に一、二回くるのみだ。

カトリーヌが体調を崩してからは、唯一、王都に住む老医師と魔石で連絡を取れるようにしているだけだ。互いが魔石のそばにいれば会話ができるし、いなければ声をメッセージとして残せる代物《しろもの》だ。

　人との交流はその程度なのに、豪華な出で立ちの見知らぬ貴族から「我が家門とも取り引きを」とぐいぐい迫られるのだから、ユベールに耐えられるわけがないのだ。

　りん、と鈴が鳴るような音がして、頬を柔らかな光が撫でていく。スレンダーな月光の妖精たちがいたわってくれていた。

「ありがとう、もう君たちが活動する時間か」

　窓の外を見ると、日がまさに暮れようとしていた。ユベールがランプに歩み寄ると、勝手に火がともされた。

「火の精霊が手伝ってくれたんだね、ありがとう」

　ランプの炎が風もないのにゆらりと揺れて、ユベールに返事をした。

　魔石錬成士と精霊は切っても切り離せない間柄だ。なんせ魔石は、精霊の力を水晶に込めたものだからだ。精霊たちは基本、人間とは交流しないが、魔石錬成士だけは彼らの掟《おきて》を十分に学び尊重するため、願いを聞き力を貸してくれるのだ。接触するのは数の多い低位の精霊たち。より強い力を持つ高位精霊との交流は文献《ぶんけん》にしか残っていない。

　暖炉にも火をともしたユベールは、その前で紙の束をめくった。

錬成を依頼された魔石のリストだ。

「治癒力《ちゆりよく》を高める魔石」「干《かん》ばつ地域を潤《うるお》す魔石」「採掘現場の落盤《らくばん》を事前に感知する魔石」「邪悪な呪いを跳ね返す魔石」――。

ユベールは王家の注文に従い、精霊の力を借りて必要な魔石を錬成する。例えば「治癒力を高める魔石」は、木と水の精霊の力を借りる。「干ばつ地域を潤す魔石」は水の精霊、「邪悪な呪いを跳ね返す魔石」は――少し複雑な構成になりそうだ。

魔石がどのように活用されているかは、ユベールには詳しくは分からないが、注文リストを見ると「平和利用のみ」という約束は守られているようだった。

だから安心して取り引きができるのだが、昼間の貴族たちは何を目的に魔石の取り引きを求めてきたのだろうか。

窓の外でしんしんと降る雪を見つめて、ユベールはぽつりとつぶやいた。

「次に王家の買い取り人が来るのは、雪解けを迎えてからだな……」

それまでは一人で、魔石を錬成しながらこの家で冬を越さなければならない。あちこちに師匠カトリーヌの思い出が残っている、この家で――。

「またひとりぼっちになってしまったなあ……」

みなしごのため、物乞《ご》いをして、必死に一人で生きていた幼い頃を思い出す。すさんだ自分をカトリーヌは優しく包み込み、魔石錬成士として一人前になるまで立派に育ててくれた。おかげで彼女の死後も金には困らなかったが、心にはぽっかりと大きな穴があいたままだ。

「今年の冬もまだまだ冷えそうだ」

月光の精霊と雪の精霊たちが「私たちがそばにいるよ」と言うように、ユベールの回りをくるくると飛び回っていた。

コンコン、と扉がノックされたのは、そのときだった。

ユベールの脳裏には、自分を追い回した貴族たちの顔が浮かぶ。

(どうしよう、あの人たちが戻ってきたのかな。でもこの小屋は見えないように陽光の精霊がまじないをかけてくれているはずなのに)

居留守《いるす》を使おうにも、部屋の明かりは漏れてしまっている。師匠カトリーヌのように怒鳴って、ほうきで彼らの尻を叩いて追い出すような気迫があればいいのに、とも思うが、生来の気質かあまり強気になれない。なので逃げてばかりなのだ。

迷っていると、もう一度ノック音が響いた。

「いるんだろう?　あけなしゃい」

謎の訪問者の声にユベールは違和感を覚えた。明らかに大人の声ではないのだ。

「えっ？　子ども？　こんな夜の雪山に！」

慌てて扉を開けると、そこには頬を真っ赤にした三歳くらいの男児が、身体をぶるぶると震わせながら立っていた。毛皮のコートは着ているが、つややかな黒髪の上にも雪が積もっている。

「わあっ……赤ちゃん……！」

「あかちゃんではない」

男児は我が家のように小屋のなかに入ってきて、頭をぶんぶんと降って雪を落とすと、エメラルドグリーンの大きな瞳をさらに大きく見開いてユベールに詰め寄った。

「おまえ、ましぇきれんしぇーし……だな？」

「えっ？　ええ……そうですけど」

幼児なのに、なぜか威圧的で、ユベールはつい敬語で答えてしまった。

男児は「ならば」と、ふくふくとした手で拳をつくり、口元に当てて「えへん」とひとつ咳払いをした。仕草がおじさんっぽくてとても愛らしい。

男児はユベールに人差し指を向けて、こう叫んだ。

「おれにましぇきをちゅくれ！」

ずびっと鼻水を垂らしながら、小さな小さな男児が、尊大な態度でユベールに命令する。

「えっ？」

「きこえなかったか。おれに、ましぇきを、ちゅくれといって——ああっ、もう！　くちが、くちが、うまくうごかしぇないっ」

男児は口元を手で押さえたり、頬をたたいたりして、もどかしそうにしている。

一体何が起きているのか分からないまま、クチュンクチュンとくしゃみをしている男児のために、ひとまず急いで湯を沸かすのだった。


火の精霊の協力もあって、お風呂はすぐに準備できた。

半ば強引に風呂に入れられた男児は、湯上がりのピンク色の肌で、不機嫌そうにソファでハニーミルクを飲んだ。

よくよく見ると、とても容姿の整った男児だった。つややかな黒髪に、くっきりとした目鼻立ち。二重のつぶらな瞳は宝石のようだった。以前画家が見せてくれた天使の絵によく似ていた。

ユベールはぶすっとしている男児をなだめた。

「ごめんってば、だってあんなに冷えていたら風邪をひくよ」

「おこってはない、かんしゃしゅる」

そう言い終えて、また自分が「す」を「しゅ」と発音したことに腹を立てていた。

男児はリュシアン、と名乗った。

「リュシアン、素敵な名前だね。何歳なの？」

「二十四しゃいだ」

どう見ても三歳くらいなのに、本当の年齢が言いたくないのか、そう思い込んでいるのか、リュシアンは二十四歳だと言い張った。

そっかそっか……と話を合わせつつ、どうやってこの雪山の小屋に一人でやってきたのかを尋ねる。

リュシアンは、自身の滑舌《かつぜつ》の悪さにイライラしながら、説明した。

ここへは、遠方への移動ができる魔石を使ってやってきたこと。小屋に到着したが留守だったので、一時間ほど小屋の裏手で待っていたこと――。

「そっか、ぼくが雪山を逃げ回っていたときにちょうど訪ねてきてくれたんだね」

陽光の精霊が、周囲から小屋が見えなくなるまじないをかける前に、すでに彼は敷地内にいたのだ。

リュシアンがぴくりと反応する。

「にげまわる？」

「ああ、たまに怖い人たちが来るんだ。もうしばらくはやってこないと思うよ」

「そうか、ではこころおきなく、おれのましぇきをちゅくれるな。はやめにたのみたい」

リュシアンは偉そうにそう告げると、両手でマグカップを抱えてハニーミルクを飲んだ。音を立てずに飲む姿はとても上品だった。本人は「かたてでまぐかっぷがもてないとは……」と嘆いているようだが。

「あのね、リュシアン。申し訳ないけれど、僕は決められた人からしか魔石の依頼を受けてはいけないんだ」

ユベールはそう言ってリュシアンに謝った。

こんな雪山までやってきたのに願いが叶えられないのだから、ショックを受けるだろうと思いきや、リュシアンは冷静に「そんなこと、ちっている」と答えた。

「おれはおうけのにんげんだ、きがねなくちゅくるといい。あ、はにーみるくのおかわりももらおうか」

リュシアンはマグカップを差し出した。ユベールはそれを受けとって、ゆっくりと諭した。

「王家の方はお供《とも》もつけずに動かないよ。それにここには王家の魔石取り引き担当の臣下しか来ないんだ。魔石ではなくても力になれるかもしれないから、欲しい理由を教えて――」

「では、おれがここにいどうちてきたことは、どうしぇつめいする？　あれはおうけしょぞうのましぇきをちゅかったのだぞ」

そう言って、リュシアンは、百合《ゆり》の花と鷲《わし》が刻まれた指輪をユベールに差し出した。王家の紋章だ。ただしその指輪のサイズはユベールの指につけても余るほど大きく、明らかに大柄な男性用だ。この男児の物ではない。それに――。

「リュシアン、僕は俗世《ぞくせ》に疎《うと》いけれど、王家の王子は四人いて、一番お若い第四王子でも十歳だってことは知ってるよ。兄王子たちは未婚でお子さまはいらっしゃらないし」

「……おうじたちのなまえくらい、ちらないのか？」

「ごめんね、魔石の勉強ばかりしてきたから……取り引きの担当者と世間話するくらいで」

リュシアンは二杯目のハニーミルクを飲み干すと、ふう、とため息をついた。

「ましぇきをちゅくってくれるまで、おれはかえらないぞ」

「リュシアン、困るよ。親が心配するから。帰り転移魔法の魔石、持ってるんだろう？」

普通の魔石は、一度使っても時間をおけば再度使えるのだが、転移魔法の魔石はエネルギーを大量に消費するせいか、一度使うだけで石が持たずに粉々《こなごな》になってしまう。つまり使い捨ての魔石。帰るためにはもう一つ必要だ。

「いっこちかもってこなかった」

「えええっ、じゃあおうちに帰れないよ？　お父さんお母さんが今ごろ必死に探してるんじゃないの？　移動魔法の魔石は錬成にすごく時間がかかるし、この山を下りようにも雪が解けないと子連れでは無理だし……」

「もとより、そのちゅもりだ。はるまでしぇわになるぞ。おやのことは、おまえがきにしぇずともよい」

リュシアンは短い腕を偉そうに組み、ふん、と鼻息を吹き出した。

「えっ、えっ？　どういうこと！」

混乱しているユベールに、リュシアンが「ひとまずゆうはんをたのむ」などと家長のような口調で命令した。


それから不思議な男児、リュシアンとの奇妙な同居生活が始まった。

ユベールは親が心配しているだろうと、魔石で連絡を取れる唯一の相手、王都の老医師に声のメッセージを送った。彼からの返事では『王都内で行方不明の幼児はいないようだ』とのことだった。もしそのような情報があれば、男児は保護しているから心配しないでほしいと伝えてもらうよう依頼した。

リュシアンは幼児とは思えないほど賢く、自分のことはかなり自分でできる子どもだった。ただ走ったり物を持ったりするときに、己《おのれ》の力を過信《かしん》してしまうのか、足をもつれさせたり握力が足りずに落としたりしてしまうことがよくあった。そのたびに「なさけない……」と渋い悔《くや》しがり方をしていた。

ただ、どんなに賢くても、さすが幼児。日中に体力が尽きてしまうことも多い。

「おれのましぇきはいつちゅくるんだ?」

作業するユベールに詰め寄りながら、まぶたが落ちてくる。

「眠いの?　リュシアン」

「ね、ねむくなんか……くそ……っ、なんてたいりょくがないからだだ……ねないぞ……っ、おれはましぇきを――」

そう言いながら目を擦り、ユベールの胸にぽすんと頭を預けて昼寝に入る。

すうすうと寝息を立てるリュシアンは、天使そのもの。長いまつげが震えているので、何か夢でも見ているようだ。

「ふふ、おやつの時間になったら起こしてあげるね」

リュシアンが同居宣言をした当初は困り果てていたユベールだが、次第にリュシアンが可愛くなってきた。

何より師匠が他界してから二年、ひとりぼっちでの山小屋暮らしが寂しかったのだ。わがままで偉そうで可愛いリュシアンのおかげで、面倒で手間がかかるけれど、そのぶん一気に賑《にぎ》やかになった。

（僕を引き取ってくれたカトリーヌ先生も、こんな気持ちだったのかな）

胸元で眠るリュシアンのつややかな黒髪を撫でながら、ユベールは師匠の肖像画を見上げるのだった。

（僕も先生を、こんなに温かい気持ちにさせてあげられていたのかな）

厳しい師匠だったが、顔をくしゃっと崩した笑みが忘れられない。

可愛い、愛しい、守りたい――。

あのときの師匠の笑顔が、そんな感情が交じったものであったような気がして、ユベールは少し救われた気がした。世話になりっぱなしで恩返しができないままだった、という悔いがあったからだ。

師匠であるカトリーヌは、保護した幼いユベールを魔石錬成士にするつもりはなかった。

しかし、突然修行を始めたのだ。

きっかけは、この小屋に顔を出していた行商人の一人が起こした出来事だった。

ユベールを可愛がってくれたが、スキンシップの多い男でもあった。「男だけの内緒の遊び」と水浴びに連れて行ってもらった際、服を脱いだ身体を撫でられた。痛いことはされなかったが気味が悪かった。カトリーヌに伝えると、彼女は大激怒し、魔石の力で男を出入り禁止にしたのだった。その際、カトリーヌは「男と名乗れない身体にしてやった」と言っていた。

『やはりお前は、何もできない子どもでいてはならない。強く育てなければ』

そうして、カトリーヌの厳しい修行が始まったのだ。数人出入りしていた行商人は『近寄れば処《しょ》す』とカトリーヌが宣言したことで立ち寄らなくなり、山奥のこの小屋を訪れる人間は、魔石取り引きを担当する王家の者だけになった。

そのため、ユベールは年に数回の食料の買い出し以外では知らない人間と接触したことがほとんどない。カトリーヌの存在がユベールの全てだったのだ。

ユベールは首に提げた虹色の石に触れた。

『これを身につけておきなさい。お守りに』

カトリーヌが他界する直前、そう言ってくれた魔石だ。

『お前が恐ろしい思いをしないように……』

一人で暮らす間は肌身離さず持っておくように、と言われた。

そしてユベールは一人前になったにもかかわらず、未だにこの魔石が何か分からないままだった。

王都から連絡がないまま春になったら、リュシアンを連れて山を下り、彼の家を探すことになるだろう。しかしその前に、とユベールは考えを改める。

「何の魔石が欲しいかくらい、聞いてみようかな……小さな子がここまで乗り込んできたんだ。切羽詰まっているのかもしれないし」

翌日、ライ麦パンと豆のシチューで朝食をとっているところで、ユベールは聞いてみた。

するとリュシアンは「のろいをといてほちいのだ」と言った。

「おれはのろわれている。そののろいをとかなければ、いえにかえれない……いれてしゅらもらえないのだ」

「どんな呪いか聞いても？」

「それがなじぇか、このくちではいえないんだ……のろいにかかわることをいおうとしゅると、くちがとじてしまう。のろわれたことじたいはいえるんだが、けいいをしぇつめいちょうとしゅると――」

急に不自然に閉じた自身の口を、リュシアンは指さした。

（呪われた本人に、さらに口封じの呪いをかけているのか……！）

解呪の魔石も手がけたことはあるが、呪いの仕組みが解明されなければ、魔石錬成に力を借りる精霊を選べない。

「まずは口封じを解呪《かいじゅ》する魔石を作ろう。一週間くらいでできるよ。そうしたらきっと、本当の呪いのことを言えるようになるよ」

王家としか取り引きしてはならない、という魔石錬成士の掟には、ひとつだけ例外がある。

命に関わる事態が発生した場合は錬成していい、というものだ。それを他人に供与《きょうよ》する場合は金銭を受け取らないことも定められている。

（命に関わるというか、こんな小さな子が命がけで雪深い山小屋にやってきたんだ、ただごとじゃないよね）

ただし、ユベールは念押しした。

「口封じが解けて本当の呪いが分かったとしても、それを解呪する魔石が作れるかは分からないよ。魔石錬成士にもルールがあるからね」

「ましぇきれんしぇーしはおまえひとりなのに、だれにとがめられるんら？」

またうまく発音できなかったリュシアンは腹を立てて、自分の唇をぐにーとひっぱる。

その手を包み込みながら、咎められないからやっていいということではない、とユベールは語りかけた。

解呪の魔石には特に錬成士のセンスが問われる、とよく師匠のカトリーヌが言っていた。

呪いを解くのに、どの精霊に協力を仰《あお》ぐかは錬成士によって変わってくる。

例えば、水難事故に遭う呪いをかけられていた場合、水の精霊からの加護で解決する錬成士もいれば、水と対極の属性である大地の精霊に水の呪いを破壊してもらう者もいる。

どちらにせよ、呪いより精霊の力が強いので解呪に成功するのだが、錬成にかかる日数や精霊の負担、そして精霊たちのルール遵守《じゅんしゅ》などを考慮しつつ、最適解を導き出さなければならない。そのため経験が物を言う仕事でもあるのだ。

（リュシアンは呪いの内容を語ろうとすると口が閉じてしまう……シンプルな呪いだけど、さて、どの精霊に頼むか）

チリン、と耳元で鈴の音が聞こえた。音の精霊だ。「自分を使え」とアピールしているのだ。

ユベールには師匠にはない特殊な能力があった。

魔石錬成をする際、自分から請《こ》わずとも精霊たちが集まって力を貸そうとするのである。そのほとんどが最適解に近い構成になるので、時折師匠をも唸らせることがあった。

以前、街ごと感染症を防ぐ魔石の錬成を頼まれ、ユベールが任されたときのこと。

街の人たちの免疫《めんえき》を上げられるよう水の精霊に働きかけようとした際、水の精霊がユベールに『風の精霊も呼び出して』と語りかけたのだ。

『私たちで人間の体力を上げつつ、風の精霊と一緒に空気を湿らせます』

それをカトリーヌに伝えると、彼女は慌てて声を届ける魔石で医師に連絡を取った。医師によると、その感染症は空気に湿り気が多いと広がりにくいという。精霊たちはそれを知っていて、ユベールにアドバイスしたのだ。

『お前は精霊の愛《いと》し子なのだな』

そうカトリーヌにはよく言われていた。

実は精霊たちは好き嫌いが激しい。その中でも、よく精霊に好かれるタイプのようだった。ユベール自身は実感はなかったが、振り返ると、修行を受ける前から精霊たちが見えていた——他の魔石錬成士は光の球のようにしかとらえられないそうだ——し、薪《まき》割りや水くみ、火起こしなど日常生活ではよく助けてもらっていた。師匠がそばにいるからだと思い込んでいたが、そうでもなかったようなのだ。

口封じの解呪のため、ユベールは音の精霊から力を借りることにした。

テーブルに精霊召喚《しょうかん》のための敷物を広げる。大きな役割や広範囲の効果を持つ魔石を作るためには広い場所が必要だが、口封じの解呪ならテーブルの広さで十分だ。

そこに音の精霊を呼び寄せる。リンと鈴の音を鳴らしながら、蛍のような光が敷物の中央に止まった。よく見るとタキシードを着た音の精霊だった。

ユベールは指先ほどの水晶を精霊のそばに置いて、両手をかざした。

そうして、現在は魔石錬成士だけが使っている古代語で唱えた。

『音の精霊よ、我が願いを聞き届けたまえ。声と言葉を封じられし人の子に力を』

音の精霊がくるくると舞って水晶の中に入り込む。数秒してそこから出てくると、水晶がほんのり赤みを帯びていた。色味が出たら成功だ。これを毎日繰り返して、色を濃くしていかなければならない。

音の妖精に礼を告げると、また鈴の音を鳴らして消えていった。

「水晶に力がなじむまで一晩おいて……これを五日くらい繰り返さないといけないんだ」

そばで見ていたリュシアンにそう説明はしたものの、古代語が分からないだろうし、石が光っただけにしか見えなかったので不思議に思っただろう――とユベールは思っていた。

しかし――。

「こだいご……おとのせいれいをよんだのか」

リュシアンは顎に手を当ててそうつぶやいたのだ。

ユベールは瞠目《どうもく》した。幼児が古代語まで知っているなんて。今ではほとんど学ぶ機会がなく、魔石錬成士や呪術師以外では、国内屈指の高等教育機関などでしか教わらず、教わっても文字など必要最低限だけだ。

「古代語を知ってるの？」

「かじっただけだ」

もしかすると、かなり高いレベルの教育を受けているのかもしれない。とすると、貴族の子どもである可能性もあるのだ。そういえば自分を訪ねてきた際、毛皮のコートを着ていたことに気づく。

『おれはおうけのにんげんだ』

そう言っていたのもあながち大嘘ではないのかもしれない。公爵家などの親族である可能性だってありそうだ。

「いちどになんどもこれをやれば、いちにちでできるんじゃないのか？」

不思議に思ったのか、リュシアンはそう尋ねてくる。

「精霊には精霊のルールがあるんだ。それを魔石錬成士は学んで守っているから、力を貸してくれるんだよ」

「おもったよりもてまがかかるんだな」

ぶう、と膨らませた頬がふくふくしていて、幸せな気持ちになる。

ユベールはその頬をそっと撫でて「ごはんにしようか」と告げた。リュシアンはうなずいて「ではたのむ」と偉そうに準備を促した。

その夜のことだった。ユベールが風呂の準備をしてリュシアンを脱がせた。リュシアンはそれが当然のように腕を上げた。そういえば初日に風呂に入れたときもそうだった。

（やっぱり貴族の子なのかな）

ユベールは自身のローブのリボンを解き、ブラウスのボタンに手を掛けた。

「ま、まて！　ゆべーるもいっしょにはいるのか？」

裸ん坊のリュシアンが慌ててユベールを止める。

「うん、寒くてお湯が冷めちゃうから一緒に入ろうよ。洗いっこしよう」

「あ、あらいっこ？」

リュシアンは面食《めんく》らったような顔をしている。

「親と一緒に入ってたでしょう？」

「いや、いっしょにふろなんて。ひとにまかしぇていたから……」

いよいよ名家の子だぞ、とどきどきしてくるが、だったらなぜ探し人として情報がないのだろうかと疑問も浮かぶ。もしかすると親が何か事件に巻き込まれているのでは――。

ユベールは考え事をしながら桶《おけ》で湯をすくう。

「じゃあきょうは髪も洗うから、おめめぎゅーして」

「おめめぎゅー……だと？」

ショックを受けたような顔で嫌がるリュシアンを、ユベールは励ました。

「男の子だもんね、頑張れるよね？」

幼い頃、師匠のカトリーヌに言われていたようにユベールが声をかけると、リュシアンはなぜか不満そうな顔をして、ため息をつきながら目を閉じる。桶で湯を掛けてやると気持ちよさそうにしていた。

石けんで髪も全身も洗って湯船に入れるが、深いので立たせておかなければならない。

「バスタブのはしをつかんでおいてね、僕もすぐ洗い終わるから」

するとリュシアンが泡立てた石けんを手に広げ「せなかをこちらに」と言った。なんだろう、と思っていると照れくさそうにこう言った。

「あらいっこだろう？　おれもちてやる」

「ありがとうリュシアン、優しいね」

リュシアンは「ふん」と何でもないような仕草をしつつも、湯船に立った状態でユベールの背中を丁寧に洗ってくれた。「くそっ、てがみじかい……っ」「こんなっ、ふべんなしぇいかつがつづくのかっ」などとぶつくさ言いながら。

二人で温まって風呂から上がると、髪をよく拭いて暖炉の前で乾かした。風の精霊が手伝ってくれたおかげで、身体が冷える前にさらさらになる。

ユベールがリュシアンのつややかな黒髪に櫛を通しているうちに、彼はこくりこくりと船をこぎ始めた。

「眠いね、ほら抱っこしてあげる」

「ねむくなんかない……まだはなすことがあ……る……」

首を横に振るリュシアンがかわいらしくて、思わず抱き上げて髪にチュッとキスをした。

「しばらく一緒なんだ、話す時間はたくさんあるよ。今日は僕と一緒に寝よう」

リュシアンに師匠のベッドを使わせていたが、よく考えたらまだ幼児なのだから、一人で眠るのは怖かったはずだ。せめて、この冬が終わるまでは自分が親代わりとなって怖い思いや寂しい思いをさせないようにしよう、とユベールは誓うのだった。

リュシアンは一瞬目を見開いたものの、またまぶたが落ちてくる。

「むむ……ではあす……」

その言葉を最後に、かくんと顎をユベールの肩に預けて夢の世界に旅立ってしまった。

すうすうと聞こえてくる規則正しい寝息と高い体温がユベールをも眠りに誘う。

ふと師匠が幼い自分にしてくれたことを思い出す。古代語での子守歌を就寝時に歌ってくれていたことだ。当時は分からなかったが、厳しい修行を積んで一人前になった今ならその意味が分かる。

〜幾千もの精霊たちよ、この愛し子をお守りください。愛し子よ、精霊とともに健やかに育ちなさい。世界に愛されるために生まれてきた愛し子よ、天からの贈りものである愛し子よ――。

生みの親には見捨てられた自分だが、育ての親にはこれ以上ないほど恵まれた。ユベールはそう思う。だからこそ、リュシアンにも、自分が関わっている間くらい情を持って接したい。

寒そうに身を縮めるリュシアンを、ユベールはそっと抱きしめた。

「……いたいぞ」

目を覚ましたらしいリュシアンが小声で抗議する。

「ごめんね、寒そうだったから。嫌なら離れるよ」

「……べつにいやではない、おれはちいさいのだから、ちからをゆるめてくれ」

ごめん、と手を離そうとすると、その指先をきゅっと握られた。

「あやまらなくていい、しゃむかったのはほんとうだ。こどものたいおんはたかいから、ゆべーるもおれでだんをとっていいぞ」

暖《だん》を取る、なんて大人びた言葉も、舌っ足らずに語られると愛らしく思えてしまう。

「じゃあお言葉に甘えて！」

ユベールはリュシアンを背中からぎゅっと抱きしめる。

「お父さんお母さんと離れて寂しいかもしれないけれど、春までは僕が一緒にいてあげるからね。ここを自分のおうちだと思っていいから……」

リュシアンが首だけこちらを向いた。

「めいわくだとはおもわないのか？」

「うーん、驚いたけど……」

少し考えて、ユベールは彼の耳元でささやいた。

「あのね、内緒にしてね。育ててくれた先生が二年前に亡くなって、本当は僕、寂しかったんだ。大人なのに格好悪いよね」

「かざっていたしょうぞうがのおんなは、しぇんしぇいだったのか」

「うん、すごく立派な魔石錬成士だったんだよ。修行は厳しかったけど、そうじゃないときはたくさん甘えさせてくれた」

「いいかぞくに、めぐりあえたのだな」

「……リュシアンの家族はどんな人たち……?」

おそるおそる聞いてみる。リュシアンが応えようとすると、口をもごもごとさせた。

口封じの呪いが発動して、開かなくなったのだ。

(家族とリュシアンにかけられた重大な呪いに関係があるのか……)

ユベールはリュシアンの髪の毛をさらりとなでて「言えないのに聞いちゃってごめん」と謝罪する。リュシアンはふるふると首を横に振って、静かになった。

しばらくしているうちに、すうすうと寝息が聞こえ始める。時折鼻がつまるのか寝息が「ぷう」になる。ユベールの胸の底から、くすくすと温かな気持ちが湧き上がるのだった。

それから五日間、ユベールは口封じの呪いを解くため、水晶に精霊の力を吹き込み続けた。

その合間も、リュシアンの発育を考慮《こうりょ》して、遊びや勉強の時間も積極的に設けた。リュシアン本人は「ひちゅようない」と不機嫌だったが、脳の成長が著《いちじる》しいこの時期に何もさせないわけにはいかない。

水晶に最後の力を吹き込んだ日、ちょうど雪が止んでいたので外遊びに誘った。

二人で大きな雪玉を作り、重ねてにんじんなどで顔を作る。完成した雪だるまを見て、リュシアンは頬を紅潮させた。

「うまれてはじめてゆきだるまをちゅくった……！」

幼児なのだから生まれて初めてのことだらけだろうに、そんな言い方をするのでユベールはかわいらしくて思わずリュシアンを抱きしめてしまう。

「こら！　かるがるちくだっこするな！」

「だって軽いんだもーん」

そうからかって、リュシアンを抱いたままくるくると回る。

「おれだって、のろいがとければ、ひんじゃくなおまえなんか、かたてでだきあげられるんだからな……！」

「はいはい、たくさん食べて大きくなって、僕を抱っこしてくれよな」

日が暮れるまでたくさん遊んでくたくたになった。「にくがたべたい」というリュシアンのリクエストに応じて、雪の中に保存している塩漬け肉でトマトシチューを作った。

リュシアンは幼児にしてはマナーがしっかりしていて、スプーンの使い方もとても上手だ。静かに音を立てずにシチューをたくさん食べてくれた。

「いいあじだった、またたのむぞ」

料理長に礼を告げる客のような口調だった。

サウナで身体を温めてベッドに入ると、リュシアンは布団の中でユベールと向き合った。

「あす、ましぇきがちゅかえるようになるんだな」

「うん、ひとまず口封じの呪いは解けると思うよ」

リュシアンは口をわずかにとがらせて、上目遣いでこちらを見る。

「成功するか不安なの？」

ユベールの問いに、リュシアンは首を横に振る。つやつやの黒髪が月光を反射し、さらりと揺れた。

「……のろいのしょうたいをちったら……ユベールは、おれにちゅめたくなるかも……とおもって」

またぎゅーっと胸を締め付けられる。なんていじらしい子だろう。

「わっ、なにをする」

ユベールはリュシアンを抱きしめて、おでこにキスをした。

「こんなにかわいいリュシアンに、冷たくなんかできるわけないよ！」

「かわいくなくなるかもちれないぞっ」

「のろいがとけてもリュシアンだよ、大丈夫。山を下りて親御《おやご》さんのもとに帰れるようになるまで僕がずっとそばにいるからね。見捨てたりしない、約束するよ」

リュシアンがユベールの頬に手を添えて、鼻先にちゅっとキスをしてくれた。きっとおでこへのキスのお返しだ。

「やくそく、やぶったらゆるしゃないぞ」

「もちろん。さあ、おやすみ。よく眠れる精霊のおまじないを教えてあげようか」

そう人差し指を立ててみせると「いらん」と断られた。

「しぇいれいのおまじないなんかより、おまえのむねのなかのほうがぐっすりねむれる」

可愛いことを言う、とユベールがでれでれしていたのもつかの間、黒くてふわふわした毛玉型の精霊が二体、リュシアンの回りをくるくると飛び回った。闇の精霊だ。

なぜか怒っているようだ。耳を澄ませてみると、こんなことを言っている。

『なんだと！　お前こそ偽《いつわ》りの姿でユベールに取り入ろうとしている不届き者のくせに！』

リュシアンに精霊の実体は見えないが、精霊たちに髪を引っ張られて「いたっ」と驚いている。

「待って待って、相手は子どもだよ。怒らないで」

なだめようとするが、闇の精霊たちは聞いてくれない。

『ぼくたちの力が活発な間は、本当の姿を晒してユベールに嫌われるといい！』

闇の精霊が突如リュシアンに向けて力を注ぐ。それは精霊が加護を与えるときに使う仕草だった。

「わーっ！　何してるの！」

何が起きているか分からないリュシアンは、引っ張られた髪の毛を不思議そうに触ってきょとんとしている。

闇の精霊たちは『ざまあみろ、ユベールに嫌われろ』と笑いながら小屋を出て行った。

「なにがあったんだ、そんなにおおごえで」

「ああ、えっと……闇の精霊が、リュシアンに、その……おまじないをかけていったみたいで」

怖がるといけないと思い、ふんわりとしか説明できない。

「おまじない？」

「僕も何をしたかは分からないんだ、加護を与えたような気がするんだけど……でも闇の精霊だから夜しか効力ないし、あまり気にしなくていいよ」

「そうか……かご……じぇんじぇんわからないな」

リュシアンは自分の両手を見つめたり、身体をさわったりして確認するが、何も異変はなさそうだ。怯《おび》えてもいない。一人でこの山小屋を訪ねてくるくらい肝《きも》の据わった子どもなのだから、平気なのだろう。

どんなまじないをかけられたのかは明日調べることにして、二人は就寝した。リュシアンの背中から伝わってくるトクトクトクという早い鼓動が、ユベールを夢の中へと誘《いざな》う。そうして二人で、ゆっくりと眠りに落ちたのだった。

その夜、再び闇の精霊に起こされたときには、自分の倍はありそうな体格の全裸美青年――自称リュシアン――が、同じベッドで寝ていたのだった。

2

全裸にガウンを羽織った美青年こと二十四歳のリュシアンは、にこにことダイニングテーブルに腰掛けて、こちらを見ている。

ランプの火に照らされた彼は、やはりまばゆいほどの美貌の持ち主だった。

瞬きをするたびに、長いまつげがはたはたと上下し、宝石エメラルドのような瞳が光を反射してきらめいている。通った鼻筋と薄い唇は、宗教画に出てくる大天使のようにバランスよく配置されていて、一流の美術品の前にいる気分になる。

ガウン姿でも、肩幅が広いことや、手足が長いことは分かる。指の先まで美しく整えられていて、やんごとなき人物であることは一目瞭然だ。

そんな彼が満面の笑みを浮かべているのだから、破壊力が桁違い。微笑んでいるのに、なぜかそばにいて同じ空気を吸っているだけで申し訳なくなってくる。

「そう警戒するな、二十日も一緒に暮らした仲じゃないか」

ユベールは「うう」と唸って頭を抱えた。いまだに混乱して整理ができない。しかし目の前の青年は自身をリュシアンだと言い張るし、一緒に暮らしたこの三週間に起きたことや会話の内容も一致している。

「一緒に風呂に入って『おめめぎゅーして』と頭から湯をかけられたときは、俺もここまで落ちたかとめまいがしたな……」

その一言が、彼がリュシアンであると信じる決定打だった。

「じゃあ解いてほしい呪いというのは……」

ユベールの問いに答えようとしたリュシアンだが、ヌグ、と口が動かなくなる。口封じの呪いが発動したのだ。

ユベールは口封じを解くために準備していた魔石を作業場から持ってきた。朝一番に最後の仕上げをしたので、もう完成しているかもしれない。

「……うん、精霊の力が水晶になじんでる。使えますね。口封じを解きましょう」

ほんのりと温かい水晶を、リュシアンに握らせる。

「この魔石の鍵言《けんごん》は『解き放て』です」

濫用を防ぐため、他者に渡る魔石錬成の際は発動の鍵となる言葉を設定しなければならない。そうして所有者だけが「鍵言」を知らされるのだ。不適切な人物が使えないよう、影響力の強い魔石ほど、鍵言を長く複雑にしなければならない。魔石の取り引きを王家だけと定めた際に、新たに決められたルールだった。

リュシアンは握った小粒の水晶に向かって、鍵言を放つ。

「解き放て」

ガラスが割れるような音がして、直後リュシアンの喉元が光る。じわりと浮かんで首を一周していた赤い輪が徐々に消えていった。

リュシアン本人も呪いが解けた自覚があるのか「あっ」と自分の喉元に手を当てていた。

「口封じが解けたな。褒美を取らせよう」

リュシアンは満足そうにうなずく。

「いえ、結構です。口封じの呪いは解けたので、あなたにかけられた本当の呪いを教えてください」

見て分かるように、幼子になる呪いを掛けられたのだろうが、その過程や、なぜ解呪の魔石も使わずに元に戻れたのかが気になるのだ。

リュシアンは、首にひもで提げていた指輪を自身の人差し指にはめた。百合の花と鷲――王家の紋章が刻まれた指輪は、ぴったりと彼の指におさまった。

『おれはおうけのにんげんだ』

ユベールの小屋を訪れた小さな男児は、そう言ってこの指輪を見せた。まさか、本当に王家の人間なのだろうか。

「俺の名はリュシアン。父はこのリュミエール国の王であり、俺はその長子だ」

「長子、ということは――」

「第一王位継承者だ」

ユベールはガタガタと椅子から慌てて床に伏した。

「第一王子殿下――」

床についた手がカタカタと震えていた。王家と取り引きがあるとはいえ、接触している王家からの使者は臣下だ。まさか王族が直接解呪のために訪ねてくるなんて思いもしなかった。

「経緯を説明しようにも呪いのせいで勝手に口が動かなくなってしまったので、今まで非常にもどかしい思いをした」

なんということだ、とユベールは血の気が引いた。彼が「おうけのにんげんだ」と言っていたのに信じなかった自分を責める。それどころか抱っこしたり一緒にお風呂に入ったり、頬にキスしたり――。

「殿下、ご無礼の数々をお許しくださ――」

謝罪を言い終えられなかったのは、リュシアンがユベールの腕をつかんで立たせたからだ。

「分かっている、謝る必要はない。ゆっくり話がしたいから椅子に座ってくれ」

ユベールの二の腕を一周してしまいそうな大きな手。あのふくふくとした幼くて可愛いリュシアンが、こんな体格のいい美青年だと誰が想像できるだろうか。

椅子に再度座ったユベールは、リュシアンからこれまでの経緯を聞いた。

リュシアンが幼児の姿になったのは、ユベールの小屋を訪れる五日程前。弟である第四王子に贈られたペンダントが、気になる輝きをしていたので調べていると呪いが発動したという。

幼子になる瞬間を誰も見ていなかったので、子どもが迷い込んだと王宮を追い出された。ようやく持ち出せたのが、緊急避難のために各王族に与えられた転移魔石だったのだという。

「しかしどういう理屈かは分からないが、呪いが解けてよかった。俺が城から追い出されてもうすぐ一カ月だ。第一王子が失踪したと今ごろ大慌てだろう」

「お許しいただきありがとうございます、殿下」

「リュシアンでいい。寝食を共にした仲じゃないか。お前の腕の中、心地よかったぞ。男のくせに身体がゴツゴツしていないせいかな」

頬杖をついて目を細める。ランプの明かりがかすかに揺れて、リュシアンの横顔を照らした。大人になった――正確には元の姿に戻った――リュシアンは、とんでもない色気を漂わせる男だった。同性の自分でも、どぎまぎしてしまうほどに。

脳内で、師匠カトリーヌの声がふと蘇る。

『大人の男にはなるべく近づいたらいけないよ、これは先生とのお約束！』

幼い頃、出入りしていた行商の男に身体を触られた際、カトリーヌにそうきつく言われていたのだ。そのため大人の男は危険、という刷り込みがなされ、今は自分が大人だから大丈夫だと頭では分かっていても、なぜか警戒心を拭えない。

(だからこそ、王家からの使者とも、最低限のコミュニケーションしかとってこなかったのに――)

ユベールの表情がこわばっていたのか「どうした」とのぞき込んでくるリュシアンにも、慌てて距離を取った。

「いえ、あの、大丈夫です……では明日の朝にでも、魔石で連絡を取れる王都の医師がいますので王宮につないでもらいましょうか」

こうなれば早く出て行ってもらうしかない。王子を一人で下山させるわけにもいかないし、そもそも彼が着られるようなサイズの服がない。医師から王宮に連絡してもらい、迎えに来てもらうのが妥当だろう。

「そうだな、頼めるか」

「承知しました」

ユベールの返事にリュシアンが眉根を寄せる。何か失礼な態度を取っただろうか。

「ずいぶん他人行儀じゃないか、あんなに抱きしめたりキスしたりしてきたくせに」

「そ、そ、その節は大変申し訳ありません……本当に小さな男の子だと思って……自分が幼い頃に師匠にされてきたことをそのままましてしまいました」

ふーん、と面白くなさそうに頬杖をついて、リュシアンはユベールの手首をつかんだ。やはり手は大きいし、かなり鍛えているようで力も強い。

「そういえば、師匠が死んで寂しかったと言っていたな」

ぐいと腕をひっぱられたせいで、リュシアンの胸元に倒れかかってしまう。彼の胸の中に抱き込まれると、低くて少し掠れた声が耳元に響いた。

「明朝連絡が叶ったとしても、俺の迎えが到着するまで数日かかるだろうから、それまで寂しさなんて忘れさせてやろう。男は範疇外《はんちゆうがい》だったが、お前なら――」

顔を上げると、ランプに照らされた彼の瞳が、先ほどとは違った妖しげなきらめきを発していることに気づく。視線が合うと下まぶたを持ち上げて微笑を見せてくれた。

(どうしていけないものを見ているような気分にさせるんだろうか)

勝手に早くなる心拍《しんぱく》を落ち着かせながら、ユベールは身体をよじった。はやく殿下から離れなければと思うが、勝手に脚を抱えられてなぜか彼の膝に腰掛けさせられている。心拍が急激に上昇する。脳内でカトリーヌが「大人の男は危険です」と呼びかけてくるからだ。

「あの、離してください」

彼の膝から下りようとするが、リュシアンの手にぐっと力が入り、それを阻《はば》もうとしているのが分かる。

「遠慮するな。世話になった礼だ、寂しさなんて吹き飛ぶことをしようじゃないか」

ユベールははっとする。そんな方法があるのだろうか。あったらぜひ知りたいものだ。魔石を錬成しようにも、さすがに想像がつかない。人間の感情は精霊の力ではコントロールできないからだ。もしかすると王家に伝わるまじないがあるのかもしれない。

「寂しさが吹き飛ぶ……！　ぜひ教えていただきたいです」

寂しさでぽっかりと開いた心の穴を埋めてくれていた幼いリュシアンはもういない。自分に駆使できるようなまじないだろうか。リュシアンを見上げ懇願すると、ぴくりと彼の手が動いたのが分かった。

「純粋なふりして実は慣れているのか？」

リュシアンが声を殺すように笑って、長い指をユベールの頬に添えた。

「ちゃんと教えてやるよ。目を閉じて――」

「目を閉じては覚えられませんが……」

「もう駆け引きはいいから、ほら顔をこちらに向けて可愛くねだってみせるんだ」

ゆっくりリュシアンの均整のとれた顔が近づいてくる。脳内で警鐘《けいしょう》が鳴るとともに、なぜか心臓もばくばくと早鐘を打つ。

（レクチャーにしては密着しすぎてる……）

身体を引き離そうとすると、ぐっと腰に手を回された。

「風呂で見たが、元の姿に戻って触れてみるとやはり細いな……」

そうリュシアンがぽつりとつぶやいた時だった。

カーテンの隙間から見える空が、白んできたのだ。カーテンの隙間からうっすらと陽光が差し込んでくる。この地域は、夏ほどではないが夜が短いのだ。

「あ、もう日の出か……」

同時に、ぽん、という音がして、自分の尻に敷いていたリュシアンの膝の感覚が消えた。

ユベールはそのまま床に尻餅《しりもち》をついてしまう。なぜ突然落としたのかと、椅子に座っている人物を見上げ、「あっ」と大きな声を出してしまった。

今まで自分を膝に乗せていた色っぽい美青年のリュシアンが消え失せ、ぶかぶかのガウンの中に、三歳児のリュシアンがぽかんとした顔で座っているからだ。

「……えっ」

リュシアン自身も何が起きたのか分からないようで、自分の手足や顔をぺたぺたと触る。

「ま、ま、またちぢんでちまったのか」

小さなリュシアンの顔色が悪くなっていく。

「のろいは、とけていなかったのか……！」

頭を抱え絶望している。大人であれば普通だが三歳児がすると、腕が短くて精一杯頭まで伸ばさなければならず、ぷるぷると震えている。

「ユベール、なんでだっ、どうちてあしゃになったらちびにもどったのだ？」

わあっと半泣きでリュシアンがユベールの顔をゆるく叩く。その手もふくふくとしていて、ご褒美のようなぺちぺちだ。先ほどの大きな美青年より、ユベールにとってはこちらの姿のほうが、心が穏やかでいられた。

ユベールはうなだれるリュシアンを抱き上げて、今度は自分の膝に乗せた。頭をなでなでしながら「落ち着いて、大丈夫、大丈夫」と慰める。

「のろいがとけたとおもったのに、なんで……」

べそをかいているリュシアンも愛らしい。もう会えないと思っていたからこそ、また小さなリュシアンと再会できて温かい気持ちになる。

「調べてみないと分からないから、まずは服を着ようか、リュシアン」

屈んでリュシアンの顔をのぞき込むと、赤くした目でこちらをじっとりとにらまれた。

「とつじぇんふれんどりーになるじゃないか」

「ふふ、ごめん。かわいいリュシアンが戻ってきてくれて、実はちょっと嬉しくて」

「おれはうれちくないっ！　はやくのろいをとくましぇきをちゅくれ！」

ああこのくちめっ、と回らない舌をもどかしそうにするリュシアンを、ユベールはひょいと抱き上げて、着替えのために寝室に連れて行った。

「だっこはいやだ！」

「自分の足で移動してたら時間かかるだろう？　風邪引くよ」

リュシアンは「わーん」と嘆きながら抵抗をやめた。ユベールは可哀想だとは思いつつも、少しにやけてしまうのだった。

数日過ごしてみて分かったのは、リュシアンは日没とともに大人の姿に戻り、日の出とともに三歳児の姿になるということだった。

リュシアンには、ユベールの幼い頃の服を着せているが、そのまま彼が元の姿に戻ると破けてしまうので、日没が近づくとリュシアンには大人用のガウンを着せなければならなかった。

このエリアは夜が短いので就寝するころにようやく日が沈む。

同時に、ぽん、という可愛い音を立てて、大きくて艶っぽい青年が姿を現すのだから、本当に呪いとは不思議だった。

「何度かこの変化の瞬間を見せてもらいましたけど……うーん、やっぱり陽光と連動しているのかなあ……」

ユベールが大人の姿になったリュシアンをまじまじと見ながら、変化した時間をノートにメモする。

リュシアンは大きく伸びをした。

「ああ、長い手足！　軽い食器！　狭く感じる部屋！　これが俺の本来の身体だ」

狭いのは元からだ、と思いつつユベールはリュシアンから距離を取る。

それに気づいた彼が、ずい、と近づいてきた。

「ところでユベール、お前、子ども姿の俺と、今の俺への態度、差がひどくないか」

「僕、殿下に何か失礼なことしましたでしょうか」

そう平身低頭たずねるユベールを、リュシアンは「それだ！」と指さした。

「子どもの俺にはでれでれべたべたするくせに、大人の俺に対しては距離を取る」

言われてみれば――とユベールは口元を押さえた。三歳児のリュシアンには、彼が第一王子だと知る前と同じ態度を取っている。

「申し訳ありません、子ども姿の時も身分をわきまえて――」

そうではない、とリュシアンに台詞を遮られた。手招きされたので近寄ると、腰に手を回されて引き寄せられた。

「俺とも、もっと仲良くすればいい話だ」

美術品のように整ったかんばせが近くなる。椅子に座っているリュシアンと、立っている状態のユベールが、さほど差が無いのだから、彼との体格差を思い知ってしまう。

「殿下、田舎者をからかって遊ばないでください。僕だって本気で呪いを解こうと――」

「からかってない」

リュシアンが上目遣いでじっとこちらを見つめてくる。エメラルドグリーンの瞳は、そばで見ると黒い瞳孔《どうこう》の回りにアンバーが混じっていて、魔石のような輝きを放っていた。

（瞳に吸い込まれそうだ）

「どうしてちんちくりんの俺はよくて、今の俺はだめなんだ？　むしろこの姿に引き寄せられる人間のほうが性別問わず多いというのに」

それはそうだろう、歩く美術品のような容姿の上、人をそわそわとさせるような雰囲気を漂わせているのだ。本で読んだところの、妖艶《ようえん》とか、魔性とか、そういう名称がリュシアンにはよく似合う。

「俺に見つめられて、なんとも思わない？」

じっとのぞき込まれ、じわりと背中に汗をかく。脈も速くなって不安になってしまう。

「あの……瞳が魔石みたいだなと思いますが……すみません、手を……」

腰に回した手を離してほしいのだが、どれだけ身をよじってもびくともしない。

「答えるまで離さないぞ？」

少し楽しんでいるかのようにリュシアンはいたずらっぽい笑みを浮かべる。

（そうだ、僕は身分どころか力でも殿下に敵《かな》わないんだ――）

そう実感した瞬間、さっと血の気が引いた。

蓋をしていた記憶がぞわぞわと蘇る。

幼い頃、行商人の男に身体を触られたこと。気持ちが悪いのに嫌だと言えなかったこと、大きな手が首に触れたとき、抵抗すれば何をされるか分からないと幼心に思ったこと――。

（どうしよう、怖い）

服の下に隠していたペンダントがほんのりと温かくなる。師匠のカトリーヌが、死に際にくれたお守り代わりの魔石だった。

バチバチッと音がしたかと思うと、ユベールに触れていたリュシアンが手を離した。

「なんだ、雷……？」

手がしびれたようで、もう片方の手で握りしめている。

「だ、大丈夫ですか殿下！」

慌ててユベールがリュシアンの手を取る。

「やめろ、また――うわーっ！」

ユベールの指先から何かが伝わっていくようにリュシアンが身体を痺れさせるのだった。

相当な痛みだったのか、テーブルにへろへろと顔を伏せたリュシアンが「今度は何の呪いだ……」とつぶやいた。

ユベールは服の下のペンダントを握る。やはり発動したようで、熱を持っていた。

（この魔石が……？）

師匠の言葉を思い出す。

『お前が恐ろしい思いをしないように……』

（カトリーヌ先生が守ってくれてたのか……？）

ぐったりしているリュシアンには申し訳ないが、愛されていると実感できた嬉しさと、育ての親への恋しさがこみ上げてじわりと涙が出るのだった。

「泣きたいのは俺の方だ！」

魔石の発動で雷が落ちたような痛みを受けたリュシアンだったが、しばらくするとけろっとしてハニーミルクを飲みつつ怒っていた。

「申し訳ありません殿下、これは僕が恐怖を感じたら鍵言もなしに勝手に発動する魔石だったようです」

「だったようです？　知らなかったのか」

「師匠からもらった物で、これまで人との接触はほとんどありませんでしたから……」

ユベールは胸元から魔石を取り出し、彼に見せた。そして一人前の自分でも、この魔石の正体が分からずにいたことも。

ふーん、と言いながら、リュシアンがこちらをじろりと見た。

「恐怖？　俺のことが怖いと思ったのか？　腰を抱いただけなのに？　俺ほどの美形は国中を探してもそういないというのに？　腰が砕けるならまだしも、恐怖を感じただと？」

不満そうに口をとがらせているのも、美形なので様になるのが不思議だ。ユベールは弁明しながら、リュシアンにハニーミルクのおかわりを差し出す。

「殿下に問題があるわけではないんです、お美しくて見とれてしまうほどですから……」

「ではなぜ魔石が発動した」

ユベールは胸元の服をぎゅっとつかんだ。

「二十二歳にもなってお恥ずかしいのですが、大人の男性そのものが苦手みたいで」

幼少期の体験をかいつまんで説明した。

行商人の男に身体を触れられたこと、それを激怒した師匠が彼を〝男と名乗れないようにした〟こと、以降師匠は人との交流をほぼ断絶したこと――。

口をとがらせていたリュシアンが真顔になっていく。

「痛い思いをさせてしまい、本当に申し訳ありません。殿下がいらっしゃるうちはこのペンダントは外しておきます」

うなじのチェーンに手を掛けたユベールを、リュシアンは制した。

「待て。それは俺が悪かった」

「……へ？」

「幼少期にそんなおぞましい体験をしたなら、俺のような体格のいい男は、いくら国内一美しいとはいえ恐ろしかっただろう。お前がこの姿によそよそしいのも合点がいった」

こちらをまっすぐに見つめたままリュシアンはそう述べて、胸元に手を当ててゆっくりと頭を下げた。謝罪の作法だ。

自分で美しいと言ってはばからないあたり、彼らしい言い回しなのだろうが、ユベールはあっけにとられていた。

「殿下……頭を下げてはいけません、僕は王家と取り引きがあるとはいえ平民です」

「いいや、これは俺が悪い」

リュシアンは顔を上げると「お前が恐れるような接触はしない」と誓った。その誓いを破ったら罰が必要なので、カトリーヌの魔石は身につけておいてくれ、とも。

「殿下……」

容姿に自信があり、偉そうで、何でも手に入るであろう立場の彼が、こんなに真摯に謝ってくれるとは思わなかった。

(殿下は僕が思うよりもずっと、誠実な方なのかもしれない)

二人は落ち着いて向き合い、これからのことを話し合った。

呪いが解けたと思われた時点では、王都の医師に魔石を使って連絡し、王宮から迎えを寄越してもらう予定だったが、夜しか大人の姿になれないのであれば話は変わってくる。

リュシアンは、王家に自身が呪われてしまったことを知られるのを嫌がっていた。

「今俺が呪いにかかったことが王宮内でばれると、王位継承争いで国内が混乱する」

「それほど大事な局面なのですか？」

恥ずかしい話だが、と前置きをしてリュシアンが王族の現状を打ち明ける。

「俺たち、兄弟仲が信じられないほど悪いんだ……」

第四王子をかばう形で呪いにかかったと聞いていたので意外だった。

聞けば、二十二歳になる第二王子と十九歳の第三王子とは異母兄弟で仲が悪いのだという。第一王子リュシアンと第四王子は同じ正妃を母とするため、いがみ合いもないのだとか。そもそも第四王子は十歳のため、あまり政争には関わっていないのだが――。

「だから俺が呪いのせいで公務に従事できないと分かれば第二王子のベルナール、第三王子のルイが王位継承順を覆そうとするだろう」

継承順はさほど心配していないそうなのだが、内政が混乱していると国外に知られるのが問題らしい。

「ベルナールとルイも関係が悪いが、俺が突出して優秀で美しいためにみなの意識がこちらに集中していた。継承順をめぐって弟二人が衝突を始めれば、諸外国から何を仕掛けられるか分からない」

「せ、戦争とか……ですか」

「そこまではないだろうが、例えば自国に有利な勢力図にするために縁談を持ちかけるとか、各王子を支持する貴族に働きかけて亀裂を生じさせ、自国の影響力を強める足がかりを作るとか……」

小さくなってしまったリュシアンのために、服を作り直すのは大変だろうな……くらいに思っていたユベールは、事態の深刻さにどきどきしてしまう。

なんとか穏便に王位継承できないのか、と尋ねると、リュシアンはこめかみを押さえた。

「母同士は姉妹のように仲がいいが、弟たちはそれぞれの矜持もあって、今は俺への敵対心を隠そうともしない。今後も雪解けは難しいだろうな」

「ですが、長く行方不明でも同じことが起きるのでは……？」

「俺もそう思う。なので協力してほしいことがあるんだ」

リュシアンは「お前に」と、ユベールに熱視線を注ぐ。

「ぼ、僕ですか……？」


リュシアンは音声を伝え合う魔石に向かって熱弁していた。

「そうなんだ、俺は今まで愚《おろ》かだった。真実の愛がこれほど素晴らしいものだとは」

魔石を通して会話しているのは王宮の補佐官だ。ユベールが連絡を取っている老医師に協力してもらい、魔石で王宮の補佐官とリュシアンが会話できるようにしたのだ。

『あ、愛でございますか殿下……』

補佐官の声が震えている。かなり動揺しているようだ。

「愛なんだ。誤って緊急避難用の魔石を発動させ、ユベールと出会ったのは神の導きとしか思えない。今ユベールと離れたらきっと俺は何も食せず衰え屍となるだろう。しばらくは彼と愛を確かめ合いたい。父上には雪解けには城に戻ると伝えてくれないか」

すらすらと恥ずかしい言葉がリュシアンの口から出ていく。横で聞いているユベールも、両手で顔を覆ってしまうくらいに。

『しかし、お相手のお名前を聞くに……男性では……』

「愛に性別が必要か？　それにユベールを愛したのであって、男だから愛したのではない。所帯持ちのお前なら分かるだろう？　ああ、この情熱のまま詩がいくつもかき上げられそうだ……」

喉仏に指を添えて、うっとりと語るリュシアンは、本当に自分への愛を語っているように聞こえてしまい、ユベールはへなへなとその場に膝から崩れ落ちてしまった。

（恐ろしい方だ、リュシアン殿下……！）

魔石の向こうから、補佐官の説得が続く。

『そのお方と一緒にお戻りいただくわけにはいきませんか』

「二人だけの時間が必要だ。あと五十篇《へん》は愛の詩を捧げなければならないからな」

『ご、五十篇でございますか……』

「愛に囚《とら》われた哀れな王子だと思ってくれ。春が来るのが先か、俺の愛が雪を溶かすのが先か——。帰還したらまた政務に励む。それまでは人を寄越してくれるな。二人きりの愛の巣を邪魔しないでくれ……いいな？」

いいな、の声がいっそう低く響き、脅しのようにも聞こえる。補佐官は涙声で「承知いたしました」と答えた。

魔石での会話を終えると、リュシアンがこちらに向かって花がほころぶような笑みを向けた。

「これで四十日ほどは時間が稼げるな。その間にぜひ解呪の魔石を完成させてくれ！」

王宮に魔石で連絡を入れたのは、第一王子の長期行方不明による死亡認定を避けるためだった。

転移の魔石が意図せず発動し、雪深いモンテルシオ山に住む青年のもとに飛んでしまった上に、その青年と恋に落ちた――という筋書きで。もちろん、呪いで子どもの姿になってしまったことは伏せて。

自分が魔石錬成士だとばれてしまっては、呪われた可能性を疑われるのではないかと心配したが、リュシアンによると魔石錬成士と取り引きを担当しているのは指折りの忠臣で、魔石錬成士のプロフィールや居場所も極秘情報。王族が酔ってその情報を漏らした過去もあったため、現在では王と第一王位継承者だけが知らされている。しかも今や魔石錬成士は一人だけなので、王と第一王子であるリュシアンも名前すら知らなかったというのだ。

それを聞いてユベールは、リュシアンと出会う直前に、知らない貴族から魔石取り引きを迫られたことを思い起こしていた。自分の居場所は極秘情報のはずなのに、なぜ、王家とゆかりのない貴族が自分を訪ねてきたのだろうか。

少し考え込んでいる間に、リュシアンが今回王宮へ連絡したことの効果を語る。

「お前には効果がないようだが、俺はこんな容姿だから相当にモテる。だが王位継承問題が片付くまでは誰も娶《めと》る気はないし、恋に溺れるような愚かなこともするつもりはない。利用できる相手はそれなりに相手をしてきたが――」

それを知っている王宮の人間たちだからこそ、初めての恋に溺れて愚かな行動を取る第一王子に信憑性《しんぴょうせい》が増すというのだ。

「面白いだろう？　今ごろみんなどんな顔をしているだろうな」

ユベールは、ひとつ疑問が浮かんだ。第一王子が呪われたことで内政の混乱が懸念されるのに、恋に溺れたことでは混乱しないのか――と。

「この国の人間は色恋沙汰《ざた》は好きだからな。王族が恋に溺れる話などいくつでもある。俺が異色だったのだ。それに――」

リュシアンは会話するための魔石をユベールに返しながら、不敵に笑って見せた。

「それくらいで文武に秀《ひい》でた俺の為政者《いせいしゃ》としての手腕が疑われることはない」

容姿だけでなく、実績と才覚には相当自信があるようだ。

「では、今日すべきことは終わったことだし眠るとしよう」

幼い姿だったころは一緒に眠っていたが、夜間だけ大人の姿に戻るようになってからは、リュシアンはカトリーヌの寝室を使っている。

就寝の挨拶を済ませ、自分の寝室に戻ったユベールはカーテンを少しだけずらして窓の外を見た。

（今日もやってる）

ユベールの視線の先には、木剣で鍛錬をするリュシアンの姿があった。

昨夜、ユベールの持っている大きめの服と防寒具を貸して欲しいと言われた。持ってい

る物のなかで一番大きい物を渡したが、彼には寸足らずだ。それでもいい、と受け取ってくれた。するとその深夜、就寝していたユベールの耳元でリンリンと鈴のような音が鳴った。師匠が庭に魔石で構築した、夜間用の警戒結界が反応したのだ。

窓から庭を覗くと、寸足らずの防寒着姿でリュシアンが立っていた。手には、自分で木材を削り出して作った木剣が握られている。そうして雪の中、剣を振り始めたのだ。

昼間の子ども姿ではできないので、こうして大人の姿のうちに稽古をしているのだろう。月明かりだけを頼りに素振りをするリュシアンは息を呑むほどきれいで、その横顔がまた見たくて、ユベールは今夜ものぞき見してしまうのだった。

ユベールは古代語の教本を開きながらうんうんと唸っていた。魔石錬成士の技術は古代語で残されていて、その中には解呪の項目もある。

解呪の近道は、呪いの術式を知ることだが、呪いをかける側を特定するのも難しいし、できたとして簡単に口を割るわけがない。そうなると様々なヒントから呪いの解析が必要となるが、リュシアンにかけられた幼子の姿になる呪いはかなり複雑なようだ。

「うーん、術者をつかまえて術式を教われば、まだ探りようがあるんだけどなあ」

今分かっているのは、リュシアンが元に戻るのは夜間、ということだけだ。それをヒントに、単純な効果の魔石を試して反応次第で組み合わせていく……という地道な方法を取るしかない。魔石を五種類ほど作っては試し……効果のある物は残して再錬成する——という気の遠くなるような作業だ。

机に突っ伏して悩んでいると、ひょっこりと幼子姿のリュシアンが顔を出した。

「すすんだか？」

丸くてくっきりとした二重の目が、こちらに期待のまなざしを送る。大人姿のリュシアンも美しいが、この幼い姿の彼もとびきり愛らしい。白い頬がふくふくとしていて、思わず両手でもちもちしたくなる。

「そうだなあ、リュシアンのほっぺをもちもちさせてくれたら、頭が冴えてひらめくかもしれないなあ……」

そうつぶやいて見せると、リュシアンが「おまえ……」と呆れた顔をしてこちらを見る。

「このしゅがたのときだけ、ゆべーるからけいかいちんがきえるな。おとなのおれにも、それでいいぞ」

リュシアンは椅子に腰掛けたユベールの膝によじ登り、まるでそこが自分の椅子かのようにどすんと座った。

そうしてユベールの手を握ると、自分の頬に寄せた。

「ほら、いいぞ」

リュシアンの頬に指が触れると、すべすべもちもちした肌から少し高めの体温が伝わってくる。

「ましぇきのためだ、えんりょなくもちもちしろ」

少しふくれっ面で触らせてくれるのも愛らしい。ユベールは心臓をきゅんきゅんさせながらリュシアンの頬を堪能する。

「手が嬉しい！　やる気が出てきたぞ〜！」

「かわいいかおして、なかなかのへんたいだな」

「やましい気持ちじゃないですよ！　癒やされるんですよ、なんてかわいさ！」

ユベールはリュシアンをぎゅっと抱きしめる。腕の中でじたばたと暴れながら「だっこはやめろっ」と怒っているのも、また可愛い。

「このまま、小さなリュシアンがうちの子になればいいのになあ」

思わず本音が漏れた瞬間、ぽん、というあの変化音と布の破れる音がした。同時に、目の間に壁ができ、膝にずしりと何倍もの重量がのしかかる。

日が暮れたのを察知して火の精霊たちが、室内のランプに火をともしてくれた。

「うっかりしていた、もう元の姿に戻る時間だったか。また服を破いてしまったな……」

大人姿のリュシアンが低い声で呻く。ユベールの膝に座ったまま。

「殿下、おっ、重い……！」

「はっは、そうだろう。筋肉は重いのだ」

しかも着ていた子ども服が破けてしまったため、今ユベールの膝に座っている大人のリュシアンは全裸だ。

リュシアンはユベールの膝から立ち上がると、腰に膝掛けを巻き付けて「服を」と偉そうに要求してくる。ランプの明かりに照らされた広い背中は、筋肉の陰影がくっきりと浮かび上がるほど鍛え上げられていた。

そのたくましさに見とれると同時に、疑問も浮かぶ。

(王子なのに、ここまで鍛える必要があるんだろうか)

ぼーっと見つめているユベールに気づいたリュシアンは、こちらを顔だけ振り返って口の端を引き上げた。

「どうした、見とれたか？　大きなリュシアンも〝うちの子〟にしていいんだぞ？」

そのからかいも、腹が立つどころか、ふわふわと酔わせるような色香を纏う。小説などに出てくる魔性の男というのは、こういう人のことを言うのだ、とユベールは自分にまとわりついた色香を追い払うのだった。

寸足らずのユベールの服を着たリュシアンが、テーブルの向かいに座ってシチューを上品に平らげていく。

「うん、美味い。素朴な味付けは飽きなくていいな」

幼児姿のリュシアンと違い、大人の姿のリュシアンは驚くほどたくさん食べる。一人分を想定していた備蓄《びちく》が足りるか不安になるほどだ。

「お口に合ってよかったです」

「ユベールはもっと食べろ、大きくなれないぞ」

「いえ、もう成長は終わってると思うんですが……二年ほど背も伸びていません」

その回答が想定外だったのか、リュシアンのスプーンを持った手が止まる。

「そうだったな……こんなに細くて小さいリスのようなのに、俺のたった二つ下なんだよな……」

可哀想な子に向けるような視線がいたたまれない。

「殿下、リスはあんまりです。せめてキツネとかタヌキくらいに……」

気にするのはそこか、と笑われてしまった。そうしている間に、さらにひょいひょいとリュシアンの皿から肉を移された。

「たくさん食べろ、栄養が足りていないんだ」

「無理ですよ、元々食が細いんです」

「そんなことでは立派な騎士になれないぞ」

「僕は魔石錬成士です！」

そんなくだらないやりとりで笑い合いながら、夕食をとる。

師匠の他界後、精霊たちがそばにいたおかげで孤独ではなかったが、リュシアンとの賑やかな暮らしでじわじわと心が温まっていくのが分かる。

「もう、殿下ったらからかってばかりで――」

ふと腕が伸びてきて、指先で唇を押さえられた。

「殿下じゃないだろ？　昼間のように、リュシアンと呼んでくれ」

ゆらりと揺れるランプの明かりが、リュシアンのエメラルドの瞳を輝かせる。仕草と言い、表情と言い、おとぎ話に出てくる王子様のようだった――といっても、本物の王子様なのだが。

「そんな不敬な……」

「幼い姿の俺のことは名前で呼ぶじゃないか、しかも敬称もつけずに」

「それはこれまでの慣れで」

「さ、練習だ、言ってみろ〝リュシアン〟と」

言わないとお仕置きだ、と脅される。

ユベールはどきどきしながら「りゅ……」と口を開く。

「リュシアン、だ。ほら言え」

「リュ、リュシアン……様」

「様なんてつけなくていい、一緒に風呂に入った仲じゃないか。『おめめぎゅーして』って」

無理だ、と首を横に振るが、今度は顎をつかまれて放してもらえなくなった。

「大人の俺だけ仲間はずれの気分になるんだよ。幼子の俺も、大人の俺も、リュシアンだ。同じように扱え」

確かに幼子の姿のリュシアンには、必要以上になれなれしかったと反省する。しかしリュシアンが求めているのは、そのなれなれしさを是正するのではなく、大人の姿の自分にも同様の態度を求めているのだ。

「わ、分かりましたよ……リュシアン……」

この国の第一王子を名前で呼び捨てにするなんて、誰かに聞かれたら投獄されるのではないかとすら思ってしまうが、呼び捨てにされた本人は満足そうにうなずいた。

「ああ、いいぞ。頬だっていつでも触っていいんだぞ」

「できませんよ、お許しください」

「昼間は好き放題やってるくせに」

「ちびリュシアンだからですよ、大人の頬はもちもちしてませんから……！」

どうかな、とリュシアンはユベールの手を取って、自分の頬に触れさせた。

「触って確かめてみれば？」

少し首をかしげてユベールの手に頭を預けて見せる。さらさらの黒髪が揺れて明かりを反射する様子は、絹のきらめきを見ているようだった。自分より少し高い体温が、手のひらからじわりと伝わってきた。

とびきり美しい王子にこのような仕草をされては、女だろうが男だろうが、心臓が口から飛び出てしまう。ユベールも例外なく、ばくばくと跳ねる心臓を落ち着かせるのに必死だった。

「で、殿下、お戯《たわむ》れが過ぎますっ」

リュシアンは「言い直し」と、さらに顔をユベールの手に傾ける。まばたきするたびに、長いまつげが頬に影を作る。

「リュシアン……っ！」

「大人の男が苦手と言ったが、これくらいならいいだろう？」

確かに恐怖心はないが、間違いなく心臓には負担がかかっている。

「よくありませんよ、からかわないでください……！」

そう言って手を引っ込めると、リュシアンは笑いながらシチューのおかわりを所望したのだった。

「リュシアンはいつもこんなコミュニケーションをしていらっしゃるんですか？　老若男女が勘違いしそうな気がするんですけど……」

「使えるものは使う、それだけだ」

「うちで無駄遣いしないでください……」

「無駄かどうかは、俺が決めることだ」

リュシアンはこちらに向けて大げさに片目を閉じる。からかっているのだろうが、意味深な合図にまたドギマギしてしまうユベールなのだった。


問題が起きたのはその夜だった。

（また、粗相《そそう》してしまった……）

ユベールは下半身の不快感で目を覚まし、絶望した。

寝間着と下着をめくると、べっとりと奇妙な液体が下着についている。はあ、と深いため息をついて、こそこそと下着を着替えた。

夜に下着が汚れる現象が始まったのは十七歳のときだった。お漏《も》らしをしたと思ってショックを受けていたが、何度か繰り返すうちに下着の汚れがお漏らしのそれとは違う体液だと気づく。

師匠のカトリーヌには怖くて言えなかった。幼い頃にユベールがいたずらの危機に直面したせいで、性的な話題には神経質だったからだ。

この現象は、決まって人肌に触れるなど心地よい夢を見たときに起こる。

(今回は夢は見なかったみたいだけど、どうして……)

ユベールはため息をつきながら風呂場で下着を洗った。冬の夜の水は冷たいが、精霊がほんのり温めてくれている。

すこぶる健康体なのに、この定期的に起きる夜間の粗相だけが不安の種だ。

「いいかげんお医者様に相談したほうがいいよなあ、すごく恥ずかしいけど」

独り言のつもりでつぶやいたが、背後から応答があった。

「何を相談するんだ?」

自分の身長くらい跳ね上がったかと思うほど驚いてしまった。

振り向かなくても、いま一緒に暮らしているのは一人――リュシアンだ。

リュシアンはひょっこり背後から洗濯桶《おけ》をのぞき込む。

「こんな深夜に何を洗っているんだ」

見られた、とユベールは目をギュッと閉じた。この年齢で尿ではないにしても漏らしているなんて、恥ずかしくて穴があったら入りたい。もしかすると軽蔑《けいべつ》されて口をきいてもらえなくなるかも――と覚悟をしていると「なんだ」と意外な反応が返ってきた。

「そうか、すまない。俺のせいだな」

「えっ？」

「俺がいるせいで、できなかったんだろう？　気を遣わせてしまったな」

リュシアンのせいでできない、気を遣っている――。一体何をどう勘違いされたのだろうか。

ユベールは何のことが分からず「え」と繰り返すことしかできない。

「健康な男子だもんな、ひとりの時間が必要だよな。俺は夜に外に出ているから、そのときはなるべく長くあけるようにするよ」

「あの、リュシアン……何か勘違いされているようですが、これは」

「言わずともよい、俺だって同じ男だから分かってるよ」

(同じ男だから分かる?)

もしかすると、この現象は男性特有で、その原因を知っているのだろうか。もしやリュシアンも同じ病に冒されているのだろうか。どちらにせよ、教えてもらわなければ。

「リュシアンも、こんなふうに……なるんですか……?」

「なるわけないだろう、この歳で」

「年齢に関係が……? でも僕たち二つしか違わないのに」

「何の冗談? そうなる前に自分で処理するだろ。ユベールだって俺がいるせいでできなかっただけで――」

ユベールはリュシアンに飛びついた。

「処理? リュシアン、対策があるんですかっ? 僕、僕、この現象に五年も悩んでて……ぜひその方法を教えてください!」

今度はリュシアンが「えっ」を連呼《れんこ》する立場になっていた。

興奮状態だったユベールは、リュシアンに促されて自室のベッドに腰掛けた。

そうして、自分の悩みを打ち明けた。

十七歳くらいから、体液が下着を汚す現象が時折起きていること。漏らすなんて恥ずかしくて師匠にも医師にも相談できなかったこと――。

ユベールの背中をさすってくれたリュシアンは、ため息をついてうなずいた。

「事態は理解した、そうか同年代の友達もいないし、師匠は女だったし、知っていたとしても過去のいたずらされたユベールの経験を思うと、教えられなかったかもしれないな」

「友達がいたら防ぎ方を教えてくれるんですか……？」

男性の家族や友人が教えてくれたり、貴族階級は家庭教師や専門講師が知識を教えてくれたりするのだという。

「あのなユベール、その現象は病気ではない。男として当然発生するものなんだ」

男として当然、という言葉に耳を疑った。誰しもが漏らすということなのだろうか。リュシアンは説明を続ける。

「性行為できる身体になると、生殖行動のために子種がつくられる。それをずっとためておけないから、体外に放出しないといけないいんだ」

「あ……では、これは、子種が放出されたあとだったんですね……う、うわぁ……」

急に顔が熱くなってしまう。性交のしくみは本で習ったが、子種の定期放出は知ることがなかった。自分も子作りできる身体になっていると思い知り、収まりの悪い気分になる。

カトリーヌ師匠はいつまでも子ども扱いしていたけれど、もう自分は立派な大人なのだと――。

「では『そうなる前に自分で処理』とは、どのようにするのですか？」

ユベールは引き出しからノートを取り出し、ペン先にインクをつけてメモの準備をした。

「いや……それは、その……」

いつも堂々としているリュシアンが、歯切れの悪い返事をする。

「覚えは早いほうなんです、方法を教えてくだされば！」

参ったな、とリュシアンは額に手を当てて、ぼそりとつぶやいた。

「じ、自分で出すのだ、大事なところを擦《こす》るというか……」

「擦る……ですか」

ユベールは自分の股間を寝間着越しに手のひらでごしごし擦ってみる。どうやってもこれは痛い。

「いてて……」

この痛みで排出されるのかと思いきや、その手首をリュシアンにつかまれた。

「ああ、ちがうちがう！　そういう擦るじゃなくって――」

「あっ、では、布か何かで？」

どうも見当違いの質問をしたようで、リュシアンが腕を組んで「うーん」と悩んでいる。

「口で伝えるのは難しいな……」

「では見せていただくことは可能ですか？　見よう見まねで覚えます」

「ええっ、いや、何を言い出すんだ！　そんなこと――」

「そうですよね、王族の方に身体のことで教えを請うなんて不敬ですよね……」

身の程をわきまえられない自分が恥ずかしくなって、ユベールはうつむいた。

「とりあえず色んな物で擦ってみます、排出するならトイレでしたほうが――」

「待て！」

リュシアンがユベールの発言を手のひらで遮った。

「色んな物で擦るな、取り返しのつかないことになるぞ！」

思いのほか大きな声だったので、ユベールは目頭《めがしら》がじわりと熱くなった。気づけば涙が一粒落ちて頬を濡らした。

「でも……対策しないと、どんどんみじめな気持ちになって……」

「分かった、分かったから泣くな！　教えてやるから！」

リュシアンが顔を寄せて、ユベールの頬の涙を指で拭ってくれる。もっとみじめな気分になって涙があふれる。自分の勉強不足で、こんな事態に陥っているのだと思うと――。

リュシアンは大きく息を吐き出すと、ゆっくりとユベールに告げた。

「今からお前の身体で教えてやるが、条件がある」

「条件……？」

「少しでも嫌悪感があったら言うんだ、中止するから」

「嫌悪感……ですか」

「ああ、大人の男に触られると恐怖が蘇るんだろう？　今から教えることは、普段は人に触らせない部分を俺に触られることになる。幼い頃のショックが蘇って苦しむことになるかもしれないと思って」

ユベールはゆっくりとうなずいた。

「分かりました。それでも僕は教わりたいです。大人の男性は怖いですが、リュシアンは怖い人じゃないってもう分かってますので」

目尻の涙を拭って、ユベールは「よろしくお願いします」と頭を下げた。

リュシアンはふっと表情を和らげて、ユベールの頭をくしゃくしゃと撫でた。

「はい、お願いされました」

ベッドに腰掛けたリュシアンの股の間に、自分が背を預けるように座る。

「今日は教えるからこうしてるが、本来は一人で落ち着いた空間でするものだぞ」

「は、はい……」

身体の力を抜くように言われ、ユベールは何度も深呼吸した。が、背中がリュシアンと密着している上に彼の吐息が耳にかかるので、力が抜けるどころか力んでしまう。

「ガウンをめくるぞ」

リュシアンはユベールを包み込むように手を回し、ユベールのガウンをめくる。はき直した下着が剥き出しになった。下着もするりと足から引き抜かれ、ユベールの陰茎《いんけい》があらわになる。

「わ……」

「触れるぞ」

ユベールのそこに、リュシアンの長くてゴツゴツした指が触れる。

「わ、うわわ……っ」

「不快か？」

ユベールは「動揺しているだけです」と首を横に振る。

「ここを擦る、というのは、固い物で摩擦するんじゃなくて、自分の心地よい刺激になるくらいの握力と早さで扱《しご》くという意味だ」

リュシアンの長い指がユベールの陰茎に巻き付いて、ゆるゆると上下し始める。

「えっ、わっ……こ、こんな……」

「刺激していくと次第に血液が集まって膨張する。これが子作りのために必要な状態だ」

淡い下生えのそばでユベールの陰茎がゆっくりと起き上がり、つるりとした亀頭《きとう》を天井に向ける。その幹をリュシアンがゆっくりを扱いてくれる。

「あっ、あっ、んっ――」

ユベールは自分の口を慌てて押さえた。リュシアンがその手を口から引き剥がした。

「別に声は我慢しなくていい、お前はどうせ一人暮らしだろう」

「で、でもリュシアン……、僕の声じゃないみたいで……っ、ん、あっ」

リュシアンが背後で「可愛い声だよ」とくすりと笑う。可愛い、と言われて耳がかっと熱くなった。

「お、男で可愛いなんて言われても……あっ、うれしく、あっ、ない……んぅっ」

お前は小さな俺にいつも言っているくせに、と言い返しながら、リュシアンは手を止めなかった。

「刺激だけでも排出はできるが、同時に脳内で官能的なシーンを想像すると、より興奮して効率的になる。思い浮かべてごらん」

思い浮かべて、と言われても経験がないので分からない。悩んで沈黙していると、リュ

シアンはヒントをくれた。

「例えば、最近見かけた美人とか」

「最近見た美人……リュシアン？」

ははっ、とリュシアンは噴き出して耳元で「光栄だな」とささやく。その低い声と吐息にどきりとすると、陰茎がぴくりと揺れた。

「……耳が弱いのか？」

そう問われながらも手は動いているので、ユベールを混乱させる。

「よ、弱いってどういう意味です、か……っああっ」

「耳元でささやいたら、ここが大きくなったから。ほら、先端も見てごらん」

視線を下に移動させると、亀頭にぷっくりと透明な体液がしずくをためている。

「あ……もう出て……漏らし……」

「違うよ、これは子種の排出前に分泌される別の体液。感じてる証拠だ」

感じている証拠、と復唱するも、その定義が理解できない。

「感じてるってどういう感覚……あっ……ですか……っ」

「分からない？　ユベールの今の状態だよ。気持ちがいいってこと」

「あ……っ、ぼ、僕、感じてる……？　ああっ」

腰が思わず浮いてしまう。

「ど、どうしましょうリュシアン、今十分気持ちがいいのに……もっと気持ちいいのがしたい……っ」

リュシアンが「よしよし」とユベールの頭を撫でる。

「それでいい。性的興奮というのはそういうものだ。どうしたら自分が気持ちがいいのか探っていく。得意だろう、探求」

リュシアンは膨張しきったユベールの陰茎から手を離し、ユベール自身に握らせる。

「さあ、自分で擦って良いところを探してごらん」

「さ、さがす……っ」

ユベールは自分の陰茎をくにくにと必死に擦ってみるが、うまくいかない。何が気持ちがいいのか分からず、せっかく膨張した陰茎が柔らかくなっていく。

「リュシアン……っ、これ、小さくなって……どうしたらいいですか。もっと力入れた方が……っ」

強く握ろうとしたら、リュシアンの手がそれを阻んだ。

「待て待て、慣れていないだけだから。性器は敏感にできてるから力を込めると激しい痛みを伴う」

陰茎を握ったユベールの手ごとリュシアンが握って上下させる。じんわりと温かさが伝わってきて、また硬度を取り戻した。

「あ……っ、リュシアンの手、温かい……っんんっ」

目を閉じてその快楽に浸ろうとすると叱られた。

「こらこら目を閉じるな、見て覚えるんだろう」

「あ……だって気持ちいい……っああっ」

先端からこぼれる透明の蜜が摩擦を余計に気持ちよくしてくれる。

「ど、どうしよう、こんな気持ちのいいこと……っ、覚えちゃったら……っ」

日々の務めをサボってずっとこの行為をしたくなるのではないか、という不安がよぎる。

「大丈夫、済んでしまえば冷静になれるから」

くちゅ、くちゅ、という扱く音が部屋に響く。漏れ出るユベールのあえぎ声とともに。

ふる、と身体が震えて、自身の陰茎が少し膨らむ。ユベールは自分が情けなくなった。

こんなときに尿意が迫ってくるとは――。

「あ……っ、どうしよう、と、トイレ……」

「大丈夫、それは尿意ではない」

「えっ、じゃあ何――あああっ」

リュシアンがユベールの手ごと、扱くスピードを速めた。

「あっ、あっ、なんでっ……トイレに行かせて……ああっ」

足をジタバタさせるが、背後から腹部に腕をがっちりと回され身動きが取れない。

「大丈夫、出すんだ。受け止めてやる」

リュシアンがユベールの耳たぶをやんわりと口に含む。

「あ、なんてとこを……っ、ああっ」

「こうして性器以外の気持ちいいところも刺激してやるんだ……ほら……集中して」

そうささやくだけで耳に吐息がかかり、膨張しきった陰茎が脈打つ。ぐちゅぐちゅと扱かれ続けるそこは、もう爆発しそうで、身体の奥から何かがせり上がってくる。

「あっ、だめ、出ちゃう……、はなっ……放してください、お手が汚れ……っ、あ、どうしよう気持ちいい……っ」

「達していいよ、出してごらん」

そう低い声が脳に響くと身体がびくんと跳ねて、ユベールの先端から粘度の高い体液がとぷ……とあふれ出した。

「んっ、んんぅ……っ、あ、あ……っ」

その間も陰茎が扱かれる。上下の動きに合わせて白濁《はくだく》した体液が、鈴口《すずくち》からとぷ、とぷ、とこぼれていく。

「ああ……うそ……出ちゃった……んっ……」

「上手に出せたな……こら、腰がまだ揺れてるぞ」

指摘されて、まだ自分が腰を揺らして刺激を求めていることに気づく。恥ずかしいが、ここまで盛大に体液を出しているのだから、今更という気もしてくるのだ。

「ん……っ、だって……ああ……すごい、これって……っ、えっちなことってことですよね……っ」

リュシアンはユベールの陰茎を手ぬぐいで拭きながら「そうだよ」とうなずいた。

「こういった行為を恋人や配偶者との性器の接触を伴って行うのが『性交』だ。つまりこれはその相手が居ない際の、単独で行う疑似《ぎじ》性交だ」

拭われる刺激に身体を震わせながらも、ユベールは理解していく。

「つまりこれも、古い子種を排出して新鮮なものをつくる繁殖活動の一環……ということですね」

「そういうことだな、病《やまい》でも恥ずかしいことでもない。ただ、静かな人目のないところで行うのが大人のマナーだな」

リュシアンはユベールに下着を穿かせ、ガウンをきっちり着せてくれた。乱れる息が整うまで背中から抱いてくれている。

（リュシアン殿下は優しい方だ……こんな僕にまで疑似性交を教えてくれ……）

「ん？」

ユベールは急に冷静になる。先ほどまでの「気持ちいい」を追いかけていた自分がどこかに消え去り、急激に全身の血の気が引いていく。

「どうした？」

優しく語りかけてくれるリュシアンを振り向き、身体を震わせた。

「ぼ、僕……リュシアンに……第一王子殿下に……疑似性交を手伝わせたってことですか、体液まで拭かせて……！」

リュシアンは白い歯を見せて「そうだな」と首をかしげた。そんな仕草も絵になるのだから、美男というのは恐ろしい生き物だ。

「達するときのユベール、ふにゃふにゃしてた身体が急にピンとなって可愛かったぞ」

今まで聞いたことのない褒め言葉に、ユベールは両手を覆ってベッドに突っ伏した。

「ふ、不敬罪で処刑だぁっ……！」

大丈夫だよ、と言いながらリュシアンは背中をさすってくれた。そうして「な？　済んだら冷静になれるって言っただろ？」と不思議な慰め方をされるのだった。

3

「しゃんぽするぞ！　ぼうかんぎをよういちろ」

昨夜の〝処理のレッスン〟からどんな顔で接したらいいか困っていたユベールに、幼児姿のリュシアンが突然提案した。

「どうしたのリュシアン、突然散歩なんて。お外で遊びたくなっちゃった？」

愛らしいリュシアンに昨夜の懸念が吹き飛び、思わず目尻が下がってしまう。脇の下に手を入れてひょいと彼を持ち上げた。

「ゆべーるは、このしゅがたのおれに、ほんとうにけいいをはらわないな」

むすっとした顔でこちらをにらむリュシアンに「ごめんってば」と謝って、いそいそと防寒着を着せた。

雪は積もっているものの、きょうは晴天。リュシアンには自分の子どもの頃のブーツを履かせて外に出た。

ぎゅ、ぎゅ、と雪を踏みしめて、カラマツの間を縫うように歩いて行く。

「リュシアン、どうして散歩なんか……」

よちよちと歩くリュシアンの後ろを追いながら、ユベールは質問した。

「おまえはほそすぎる。ゆうべふれたふとももなど、おんなのようにほそかったぞ。しゃんぽをちて、きんにくをちゅけろ。ゆくぞ！」

突然昨夜のことを話題に出され、また記憶が蘇ってしまう。リュシアンの丸い後頭部を見て、みるみる罪悪感に苛《さいな》まれた。

「こ、こんな小さな子に僕は疑似性交を……！」

「そのときはおとなだっただろっ」

カラマツの森を少し進むと、道に大きな丸太が横たわっていた。リュシアンは短い手足でよじ登る。大変だろうとユベールがひょいと担いでやると、じたばたと暴れ出した。

「あかんぼうあちゅかいするな。これくらいひとりで――」

丸太の上から飛び降りようとして、頭が重いせいか顔から雪にべしゃりと落ちてしまった。慌てて救出すると、唇を噛んで悔しがっていた。

「くそっ、なんとみじかいてあちだ。ふべんでならない……！　ゆべーる、だっこちろっ」

「リュシアン、散歩は歩かないと意味が……」

「おまえのためのしゃんぽなんだから、たんれんだっ」

そう言ってリュシアンは両手をこちらに掲げて、足下で抱っこしろとぴょこぴょこ飛び上がる。その仕草の愛らしさに、ユベールはまたでれでれするのだった。

散歩から戻ったユベールは、庭を取り囲むように五カ所に魔石を設置した。

「なにをしてるんだ？」

のぞき込んでくるリュシアンには「ちょっとしたおまじない」と返したが、隙間時間に風の精霊と火の精霊、そして闇の精霊に力を借りて数日で仕上げた新作の魔石だった。

火と風の力が暖気を生む魔石だが、闇の力で夜しか発動しないようにしているのだ。

初めて大人リュシアンが夜に鍛錬をしている姿を見たとき、思いついたのだ。昼間もずっと暖かくては庭の植物が季節を間違えてしまうため、夜間に限る発動がちょうどいい。

さらに暖気と言っても春のようなそれではなく、氷点下を防ぐ程度のものであれば生態系も壊さないだろうと考えたのだ。

これは一カ所では効果が低い。五カ所に設置した魔石がつながって、そこから広がる暖気の壁が冷たい風や空気の侵入を防ぐ――というものだ。

（汗をかくくらいの鍛錬ならこれくらいがいいだろうし）

ユベールは設置しながら「よろしくね」と魔石に語りかけた。

部屋に戻ると、また魔石の錬成と実験の繰り返しだ。ユベールは頭を抱えた。

こういうとき、精霊たちがささやいてくれるのだが、リュシアンにかけられた呪いはかなり複雑なようで、彼らも困った顔をしている。

「おれがてつだえることがあればいえよ」

そばでリュシアンはハニーミルクをすすっている。散歩で身体が冷えていたせいか、鼻の頭と頬が赤くなって、これはまた愛らしさ倍増だ。

「大丈夫、寒くなったら暖炉のそばに行ってね」

幼い姿で「うむ」と偉そうにうなずく様子に、庇護欲を刺激される。守ってあげたいという気持ちが、ほんわかとユベールの心を温めてくれるのだった。

その夜、大人姿のリュシアンに就寝の挨拶をしてベッドに入ると、また庭から雪を踏みしめる音がした。カーテンの隙間からこっそり覗くと、リュシアンが準備運動をしながら姿を現した。

ぐっと屈伸《くっしん》をしたところでピタリと動きがとまる。あたりをきょろきょろと見回して、手を広げる。この庭だけ雪が降っていないことを不思議に思っているのだ。おそらく気温が少し暖かいことにも気づいているだろう。

（やった、成功だ）

魔石による暖気の壁で覆った庭では、雪が降り込む前に溶けてしまうのだ。これで少しは鍛錬がしやすくなるだろう。

リュシアンがぱっとこちらの窓に顔を向ける。

（やばい）

慌ててベッドの中に潜り込む。身体がわずかにカーテンに当たり揺らしてしまったが、気づかれなかっただろうか。

しばらくすると、雪を踏みしめる音や、木剣が空を切る音が聞こえてきた。リュシアンが鍛錬にいそしんでいる音を聞きながら、ユベールはまたその様子が見たくなって、こっそりカーテンの隙間から盗み見た。

すると、そこには上半身の服を脱いだリュシアンが、木剣を構えて一点を見つめていた。月明かりに浮かぶ筋肉質な身体は、有名作家の彫刻像のようだった。動くたびに汗が月光を反射してきらめいていた。素人目にも分かる太刀筋《たちすじ》の美しさ、動きのしなやかさは、これまで積みかさねてきた研鑽《けんさん》を物語る。

「なんてきれいなひとなんだろうと思ってたけど、積み上げてきたものがきれいに見せているのかな」

リュシアンが木剣を置いて、大木の枝で懸垂《けんすい》を始めた。筋力トレーニングに移ったのだろう。ユベールは窓から離れ、今度こそベッドに入ると、なぜか一緒にトレーニングしたように自分の心拍《しんぱく》が上がっていることに気づく。

リュシアンは自分の知っている〝大人の男〟ではなかった。

ユベールがまともに関わったことがあるのは、自分の身体をいやらしい手つきで触ったあの行商人と、事務的なやりとりのみの王宮からの使い、世話になっている老医師くらいなのだ。

師匠のカトリーヌが、かたくなに会わせようとしなかったせいで免疫がないだけで、成人男性というのは思ったより怖くないのかもしれない。

首にかけた魔石のネックレスを寝間着の下から取り出し、ランプの光に当ててみる。光を虹色に反射していた。

（そういえば、昨夜リュシアンに〝事前の対策〟を教わったとき、この魔石が発動しなかったな）

あのときはリュシアンに触れられる恐怖感はなかった。

大きな手が、自分の陰茎を握るなんて、普通考えると怖そうなものなのに、安心して身体を預けていた自分がいた。

「あ……」

昨夜溺れた、あの気持ちよさを思い出し下半身がもぞもぞと動いてしまう。

（どうしよう……定期的にするって言ってたけど、どれくらい間を置くんだろう）

シーツの中で、寝間着の上からそっと自分の股間に触れてみた。

（擦る……）

言われたとおりにしているつもりだが、昨夜ほどの気持ちよさがない。方法か順番を間違えているのだろうか。

「リュシアンは、えっちなことを想像するって言っていたな……」

何を思い浮かべたらいいのだろう、いやらしいこと――。

ユベール、と耳元でささやかれた低い声をふと思い出し、身体がぴくりと反応する。

「あっ……」

股間のささやかな陰茎がむくりと持ち上がり、寝間着を押し上げた。

なんと後ろ暗い行為だ、とユベールは己を恥じた。この国の第一王子の声を想像して股間を膨らませるなど、不敬にもほどがある。

その理性とは裏腹に、何度も脳内で彼の声が響く。耳に吐息がかかったときの、せり上がるぞくぞく感も一緒に蘇る。

「ん……っ」

ユベールは目を閉じて懸命に陰茎を刺激するが、それでも昨夜の気持ちよさには全く及ばない。

「どうしてだろう……ちゃんとメモの通りに――」

ドアがノックされ「起きているか」とリュシアンの声がした。

びくっと身体を揺らして慌てて返事をすると、彼が入室してきた。

「礼が言いたくて。庭に魔石を埋めていたのは俺のためだったんだな。寒くなかったよ」

鍛錬を終えた足でそのままやってきたのだろう、上半身裸のままだった。

「リュシアン、ふ、服を着てください」

男同士なのだから気にすることはない、とふんぞり返った上に、ベッドに腰掛けたユベールに顔を近づけてきた。

「どうせ見てたじゃないか、俺が稽古している様子」

ばれていた。一流の騎士はわずかな視線も感じ取るそうだが、まさにリュシアンは一流だったのだ。

どっ、どっ、どっ……と心臓が大きな音を立てて跳ね回る。

「どうだった？　俺の太刀筋は」

罪悪感と恥ずかしさがこみ上げてくるうえに、彼の低い声が昨夜を思い出させて、頭の中がささやかなパニックを起こす。

「も、申し訳ありません。のぞいていました……っ」

「謝ることではない。これでも王子だ、人の視線には慣れている。ただお前があまりにもこそこそしているから、からかいたくなったんだ」

すまない、という声とともに、大きな手がユベールの頭頂部にふわりと触れた。

（あたたかい）

そう感じた直後、その手がぱっと離れた。

「おっと、すまない、幼児姿のときはべたべたしてるからつい……怖かったか？」

怖くなんかない、むしろその手にやましい気持ちさえ抱いていたというのに。そう本音を言えるはずもなく、ユベールは首を横に振った。

「いいえ、怖くありません。僕が怖がっていたら魔石が発動しているはずですから」

「そういえばそうだな、昨夜も発動しなかっ――」

昨夜、という言葉にユベールは顔が熱くなる。リュシアンも気まずかったようだ。

「教わったことだけ覚えて、俺に触れられたことは忘れるんだ。一定の刺激があれば相手が不快でも反応するものだ」

リュシアンは誤解していた。自慰を彼に教わったことが嫌な記憶になっていると思っているのだ。ユベールは慌てて否定した。

「いえ、不快だなんて」

「気を遣わなくていい、男に触れられるのは嫌だっただろう」

退室しようとするリュシアンを、ユベールは立ち上がって追いかける。

「お待ちくださ——あっ！」

ベッドから床にずり落ちたシーツに足を取られ、躓いてしまう。転倒しそうになったユベールを、リュシアンが抱き留めてくれた。

「大丈夫か」

半裸の美男に正面から抱きしめられる体勢になり、ユベールは混乱する。

「ああっ、も、申し訳ありません」

手が彼の胸元にあたり、ふと気づく。筋肉でがちがちの身体かと思いきや、とてもふわふわもちもちしているのだ。

(幼いリュシアンのほっぺもすべすべもちもちだけど、大人のリュシアンももちもちだ)

そんな余計なことを考えていると、リュシアンがくすくすと身体を揺らした。

「男の胸を触って何が楽しいんだ？」

慌てて手を離し、弁明《べんめい》をする。

「わ……っ、申し訳ありません、あの、見た目と違ってふわふわしてるんだなって」

リュシアンは、力が入っていない状態の筋肉は柔らかいと教えてくれた。ユベールはおもむろに自分の胸を触ってみる。痩せ過ぎではないが、正直山暮らしで必要な最低限の筋肉しかついていない。

「触り比べをするな」

よほどおかしかったのか、リュシアンに声を上げて笑われた。

ユベールは気を取り直して告げた。

「あの、昨日のこと、不快だなんて思ってません。僕こそお手を煩《わずら》わせてしまってお詫《わ》びをしなければならないのに……それに」

「それに？」

「あの、さきほど自分でも触ってみたんですが、リュシアンにしてもらったように気持ちよくはならなくて……お上手なリュシアンを尊敬します」

んっ、とリュシアンが喉に何かを詰めたような声を出して咳き込んだ。

「待ってくれ、上手ってわけじゃ」

「でもあんなに気持ちよくできるってことは、たくさん練習されたんでしょう？」

「待ってくれ！　練習とかそういう類《たぐ》いのものではなくてだな。王族は全て教師が付くんだ。性教育もその一環で……」

「専門家に学ばれたのですね！」

なぜかリュシアンが泣きそうな表情をしている。これが山奥で人と関わらず育つ弊害《へいがい》か、などとつぶやいている。

ユベールが分からず首をかしげていると、がっしりと肩をつかまれた。

「俺は教える順番を間違えたようだ」

何の順番だろうか、と尋ねると「人と性のかかわりについてだ」と返ってくる。

「あすの夕食後、お前は俺と勉強だ。俺とたった二つしか歳が変わらないのに、根本的な性の知識がなさすぎる」

「本で読んだので知ってます、雄と雌は交尾《こうび》して受精卵を――」

「そんな生物学的な話じゃない。人間としての性教育が必要なんだ。明日だからな、いいな！」

リュシアンはユベールをベッドに押し込み、毛布をかけてぽんぽんと優しくたたくと、ランプの火まで消して「寝ろ」と部屋を出て行った。

（雄と雌の話じゃなかったら、なんの性教育だろう？）

かつて読んだ哺乳類の繁殖に関する本の記憶をたどりながら、ユベールは眠りについたのだった。

こうして人に教わるのは、カトリーヌ師匠以来なので、なぜか胸の奥がくすぐったくて、少し早く春が訪れた気分になったのだった。

想定外の来客があったのは、翌朝だった。

コンコン、と玄関扉が控《ひか》えめにノックされた。

こんな真冬の雪山で来客とは――。以前取り引きを迫ってきた怪《あや》しげな貴族の可能性もあったが、そばにいる精霊たちが警戒するどころか「あけてあけて」と言ってくるので、悪い訪問者ではないだろうとユベールは判断した。

「おうきゅうのものだろうか、くるなといったのに……」

口をとがらせるリュシアンをなだめて扉を開けると、白いフードをかぶった、たおやかな美青年が立っていた。銀色の長い髪にアイスブルーの瞳。大人のリュシアンと同じくらいの背なので男性だと分かったが、顔だけ見ると性別が分からないほどの美人だった。

『こんにちは、ユベール』

脳に浸透していくような声のゆらぎで、ユベールは分かった。精霊だ。

「だれだ？　おとこ……？　おうきゅうのものではないな」

部屋の奥からのぞき込んでいたリュシアンがそうつぶやいている。

普段精霊が見えていないリュシアンでさえ認識している。魔石錬成士の教本によると、低位の精霊は人の姿をしたり人間が見えるように行動したりできない。

彼から感じるエネルギーや、先ほどまで晴れていた空がしんしんと雪を降らせているのを見るに、彼はおそらく――。

「雪の……高位精霊ですか」

銀髪の美青年は満面の笑みで肯定した。

『人の子はそう呼んでいるみたいだね。気づかれたのは初めてだよ、愛し子』

人間のふりは結構得意なんだけどな、と首を傾ける。

暖炉から一番離れたソファに銀髪の青年を案内した。リュシアンはユベールから彼が精霊だと聞き、警戒感を剥き出しにしてダイニングテーブルから見守っている。そんなリュシアンを見た銀髪の精霊は、来訪の目的を話し始めた。

『弟たち――、ああ、雪の小精霊たちがね、ユベールを助けてほしいと僕のところに頼みに来たんだ。「自分たちじゃどうにもならない」ってね』

小精霊とは日頃ユベールが交流している低位精霊のことだろう。どうにもならない、とは、おそらく取り組んでいるリュシアンの呪いだ。

「ええ、今彼にかけられている呪いを解こうとしているところなんですけど……」

ユベールの隣に座ったリュシアンが、びくりと身体を揺らす。

雪の高位精霊はじっと彼を見つめ『……本当だ』とつぶやいた。

『ずいぶんと凝《こ》ってるけど整然とした呪いだね、術者が几帳面なのかな』

銀髪の妖精は、リュシアンの額に指先で触れようとする。

「ぶれいもの」

リュシアンがいやいやして避けようとするが、銀髪の精霊はくすくすと笑いながら説明した。

『そんな姿じゃ威厳もなにもないよ、魂を少し見せてもらうだけだから』

彼の指先がリュシアンの額に触れる。

「何か分かりますか……？　夜だけ元の姿に戻れるようになったんですけど」

『闇の精霊の加護がついているね、比較的新しい……』

そういえば、とリュシアンが闇の精霊たちを怒らせてまとわりつかれたことがあったと伝えた。何も知らなかったリュシアンは「そんなことが」と驚いている。

銀髪の精霊はリュシアンから指を離し、こう教えてくれた。

闇の精霊の加護が、彼らの活発な時間——つまり夜だけ呪いを無効化してくれていること。かなり練られた呪いのため術式が解明できないことには、精霊の力では完全解呪が望めないこと――。

「ましぇきでも……だめってことか……」

リュシアンがしゅん……とよけいに小さくなっていく。

『元の姿に一時的に戻すことは出来ても……ってことだよ』

銀髪の青年はリュシアンの頭を優しくなでた。

「こどもあつかいするな」

『僕から見れば人の子にとっての老人も、子どもみたいな年齢だよ』

銀髪の精霊は指先を口元に当ててくすくすと笑った。

ユベールは思い切って、自分がどうして精霊と交流できるのかも聞いてみる。

『精霊は心が清らかな人の子のそばにいると元気になれるんだ。時折生まれてくるそういう子を〝愛し子〟って僕らは呼んでいるんだ』

「愛し子……」

そういえば、そんな風に師匠からも言われた記憶がある。あれはからかっているのではなく、本当に精霊に愛された子、という意味だったのだ。

『でも愛し子のまわりでは不思議なことが起きやすいから、人間は不気味に感じるみたいで、親に捨てられたり閉じ込められたり、理不尽な目に遭うことも多いんだ。君もそうじゃないのかい』

そう言われて、ユベールはうつむいた。物心ついたときには貧民街で孤児をしていたのだから。親の顔さえ知らない。カトリーヌ師匠にスリを働こうとして捕まり、引き取られたのは幸運だった。

『精霊はね、愛し子が困っていたら助けてあげたいし、喜んでいるときは一緒にそばで分かち合いたい……好きなんだよね。もちろん僕も』

自分が助言できるのはこれくらいだ、と銀髪の精霊は席を立った。

「あの、ありがとうございます。お礼によかったらこれ……僕が焼いたんですが」

ユベールはナッツを練り込んだパンを包み、彼に渡した。

「しぇいれいが、ぱんなんかたべるのか？」

リュシアンの指摘にはっとする。小さな精霊たちは喜んでいたけれど、彼ほどの大精霊はそうではないかもしれないと恥ずかしくなった。しかし、銀髪の精霊は笑顔で受け取ってくれた。

『愛し子の心のこもった贈り物は、精霊にとっては宝物だよ。ありがとう』

そう言って、ユベールにゆっくりと顔を近づける。

目の前が暗くなったかと思うと、ユベールの頬に、ひんやりとした、そして柔らかい感触があった。チュッと音を立てて彼の綺麗な顔が離れていったことで、ようやく頬にキスをされたのだと気づく。

「わっ」

『僕からの祝福だよ。雪の日には、君にいいことが起きますように』

おっとりと微笑む雪の精霊は、手を使わずに扉を開くと、いつのまにか雪の中に消えて行った。

精霊の祝福は特別だ。ふんわりと精霊のエネルギーで守るのが加護なら、祝福は願えば精霊をそばに呼べる権利をもらったようなものだ。とはいえ、教本で読んだ程度で実際に祝福をもらうのは初めてなのだが……。

「はわ……」

ユベールはキスをされた頬に手を当てながら、しばらくぽかんとしていた。

それをにらんでリュシアンは「んー！」と唸っていた。

その日、リュシアンは夜まで口をきいてくれなかった。

「リュシアン、何か怒ってらっしゃるんですか？」

大人姿になって夕食をとっているとき、思い切って聞いてみる。

「ああ、怒ってる。ユベールは警戒心がなさすぎる」

「なんでしょう、僕なにか失態を……？」

「あの銀髪の男のキスを簡単に許した」

「ほっぺじゃないですか。それならいつもリュシアンだって僕にされてますよ」

リュシアンは立ち上がる。その勢いで豆の煮込みが皿からこぼれた。

「あれは小さい俺相手にじゃないか！　幼少期の俺は国で一番愛らしかったから、キスしたくなるのは仕方ないんだ！」

どういう言い分だ、とユベールは心の中で反論する。

「大人の俺とはまだキスしてないのに」

「まだって何です？　まるでする予定だったかのように——あっ！　もしかして貴族は仲良くなるとみんなキスするものなんですかね」

ユベールの発言が間違っていたのか、リュシアンが絶望した顔で額に手を当て「ああ、そうだった」とため息をついた。

「お前にはその授業が必要だったな」

夕食を終えると、紙と筆記具を持ってくるよう指示される。

言われたとおり用意すると、リュシアンは紙にさらさらと文字を書き始めた。並んでいく筆記体は流麗で、「書ければいい」と丸みのあるくせ字を直さなかった自分が少し恥ずかしくなった。

紙にはこのように書かれていた。
・人間は繁殖目的以外にも性的接触を行う
・人との接触濃度は信頼関係に比例しなければならない
・特定部位の接触は愛ある相手のみに限る
ペンをペンレストに置いたリュシアンは、ユベールにそれを見せつつ説明を始めた。

「生物学の本で人間の性を学んだと言っていたが、人間の性的接触は繁殖目的でなくても行われる。これは意味が分かるか？」

ユベールはうなずいた。「先日教えてもらった〝自分でする〟ってことですよね」と。

違う、とおでこをはじかれる。

「それは男の身体の構造上必要なことだ。子作りのためでなくても、愛を示す、確認し合う行為として他人と性的接触をする」

ユベールは必死にメモを取り、質問をする。

「具体的にはどんなことを？　本に書かれていた性行為は雄の――」

「その説明を次の項目でする。性的接触の度合いは親密度に比例していることが理想だ」

「比例……ですか？」

たとえば、とリュシアンが人差し指を立てる。

全く知らない人間と、友達になって一年の人間、一緒に暮らして五年の人間がいた場合、一番心を開けるのは誰だ——と問われた。

「一緒に五年暮らした人です」

「そう。その三人全員と握手はできても、ハグができるのはおそらく一緒に暮らして五年の人間だけだろう？　性的接触は、さらにこれに恋愛感情が伴ってくる」

リュシアンは人付き合い皆無のユベールにゆっくりと、そして丁寧に教えてくれた。

誰にでも肌を許していいわけではないこと、自分が心を許したからといって相手が同等の感情を持っているわけではなく確認が必要なこと、愛を伴うとおのずと接触したくなること——。

「例えばハグなら友人や家族ともするだろう？　頬のキスも。でも唇を重ねることは、どんなに親しくてもしないよな？」

「ええ、師匠とも頬にキスしか」

「唇、そして性器など特定の部位、主に粘膜《ねんまく》のある部位同士の接触は、明確な性的接触と言える」

ユベールは、リュシアンの書いた項目を見てピンときた。それが三項目のテーマだ。

敏感で感染に弱い粘膜同士の接触は、得られる快楽は非常に大きいが、リスクもあるため愛し合って本当に心が許せる人間とのみ行う――。

リュシアンはそう教えてくれた。

「愛し合っているのは、どう確認すればいいんですか？　例えば僕は師匠を母のように愛してますけど、恋愛感情はそうじゃないんでしょう？」

リュシアンは「本質的な問いだな」と腕組みしてうーんと唸る。稚拙な質問も真剣に考えてくれる彼の姿勢に、ユベールはくすぐったい気持ちになる。

「ユベールが師匠に抱くのは〝家族愛〟だ。恋愛感情としての愛は、ずっと一緒にいたいとか、一つになりたいとか、この人と夫婦になりたい、とかそんな願望が生まれることじゃないかな――たぶん」

「たぶん？」

リュシアンは偉そうに腕を組む。

「俺も恋愛感情を抱いたことがない、相手から寄せられることは多いが」

意外だった。だって鳥だって獣だって、美しかったり強かったりする生き物が異性にモテる。さらに権力や財力も考えると、リュシアンはこの国の頂上にいるような人物だ。経験が豊富とばかり思っていた。

ユベールはメモを取りながら、リュシアンの言葉を反芻《はんすう》した。

師匠の死後、ひとりぼっちが続くのだと思っていたけれど、もしかすると、自分も家族をつくれるかもしれない。そう思うと少し希望がわいてくる。

「家族……か」

「添い遂げる相手が家族になるし、子どもができれば家族が増える。その結果、人間は繁殖していく……というわけだ」

人間にとっては性と愛は切っても切り離せない関係にあるのか、とユベールは何度もうなずいた。

ふと、幼い自分の身体に触れて、おそらく性的接触をしようとしたあの行商人の男のことが思い浮かぶ。

「じゃあ僕が幼いころに行商人に受けた行為は、愛情が伴っていないから――」

「それは人間としての倫理《りんり》違反だ。第一に幼い者にしてはならないし、さらに相手の同意もなく、愛情の確認もしていないので、三重に罪を犯している」

世の中には未成熟の人間に欲情する愚か者がいて、それを取り締まり罰するのが法であり権力だ、とも教えてくれた。

言語化してもらえて初めて、自分が感じた気持ちの悪さが整理されていく。師匠もあれは間違っていることだと教えてくれたが、行商人への怒り方がすさまじかったので、ユベールは心のどこかで「自分が何かを間違えた」と思っていたのだ。

「犯罪以外で、愛情が確認できない相手とも、性的な接触をすることはあるんですか？」

リュシアンは、実はある、と教えてくれた。政略結婚だ。王族貴族は自分の感情で婚姻《こんいん》関係を結ぶことがまれだという。

「俺の父と母も政略結婚だ。しかし次第に情が深くなることだってある」

「リュシアンもそんな結婚をするんですか……？」

ユベールの質問に、リュシアンは「いつかは」と答えた。

なぜか、肋骨《ろっこつ》あたりがきゅっと痛くなる。

「しかし今ではない。『俺が美しいと思わなければ妻として認めない』と言っているからな」

「じゃあ探すのが大変だ」

思わず笑ってしまった。

もう一つ、金銭を支払って性的接触のサービスを受けることがある、とも教わった。

「そんなお店があるんですね！　なんでだろう」

リュシアンは咳払いして、少し気まずそうに説明した。

「昨夜お前が『リュシアンの手ほど気持ちよくできなかった』と言っていただろう。基本的に一人でするより他者からもらう刺激のほうが大きいのだ。そのため時には対価を払って肉欲を満たす」

ユベールははっとして、口元をおさえる。

「で、では僕はリュシアンにお金を払わなければいけなかったんですね！」

「そういうことではない」

ペンの羽根の部分で、ぺしっと額をはたかれる。

「自分の手では、他人からされるほどの刺激が得られないということだ。だから俺がそういうことに〝手練《てだ》れ〟というわけでは――ああ、何を言っているのだ俺は」

頭痛に苛まれたように、リュシアンがこめかみを押さえてまぶたを閉じる。

頬にまで伸びる長いまつげの陰から、なぜか目が離せなくなった。

(悩んでいるお顔も芸術品のようだなあ)

そんなこと考えていると、ぱちりと目が開き、エメラルドグリーンの瞳がこちらを見つめた。

「そういうわけだから、俺は性の知識だけが抜けているお前に自慰《じい》の方法だけ教えてしまったのがいけなかった。まずは、ここから伝えるべきだった」

向けられたのは、真剣なまなざしだった。

これほどまで自分に知識を与えてくれてありがたいことこの上ないのに、後悔しているだなんて――。

「だってあのとき教えなかったらお前は石で股間を擦りそうな勢いだったから」

「さすがにしませんよ。体を洗うためのヘチマは少し思い浮かべたんですが……」

ほら、と呆れた視線を向けられる。

リュシアンの指が、ふいにユベールの顎に触れる。

「あとな、誰にでも大事なところを触らせたらだめだ。あの夜、俺がもし悪い男だったら、そのまま性のはけ口にされたかもしれないぞ」

「リュシアンはそんな方じゃ」

言い終える前に、リュシアンの指がユベールの唇に移動する。

「悪い男じゃないって？　本当に？　容姿にだまされると痛い目にあうぞ」

挑発するリュシアンだが、ユベールは分かっていた。自分に幼少期のトラウマがあると知ってからは、無理なことをしなくなった。〝子種の事前処理〟のレッスンのときも細かに確認してくれていた。

そんな人が、悪い男なわけないのだ。

「痛い目になんか遭いませんよ、リュシアンはお優しいから」

感謝の意味も込めて、素直な気持ちを伝えた。彼の目を見て真摯に伝えたつもりだった。

数秒、目を見開いたリュシアンだったが、彼の方から視線をそらした。

「調子が狂うな、ユベールは」

耳が赤く見えるのは、ランプの明かりのせいだろうか。

「……もう精霊だろうと誰だろうと、簡単にキスさせるなよ」

顔を窓の外に向けたまま頬杖をついたリュシアンは、そうぽつりと言った。

「はい。僕も幼いリュシアンにもしないようにしなきゃ、これまですみませんでした」

「俺には、べ、別にしていい」

どういう意味だろう、と首をかしげる。

「あ、あれは〝可愛いのキス〟だろ。幼い俺は天使のように可愛いから仕方ない、許す」

ユベールが手元の紙に、可愛いのキスはしていい――と書き留めたのを見たリュシアンは「俺限定だからな」と付け加えた。言われるままに「リュシアン限定」と書き添えると、またぷいと窓の外に顔を向けた。

本人は気づいていないが、闇の精霊と火の精霊が彼の周りに複数集まり、彼をからかうように髪を揺らしたり、ぷぷぷと耳元で笑って見せたりしていた。存外、精霊には好かれているようだ。

互いの寝室に別れる際、リュシアンに呼び止められた。

「なんでしょ――」

目の前が暗くなり、頬にあたたかくて柔らかい感触がした。

身体を折って自分に顔を近づけていたリュシアンが、微笑んだ。

「〝可愛いのキス〟をもらってばかりでは申し訳ないから、お返し。ではおやすみ」

瞳のエメラルドが自分を見透かしているようにさえ感じる。

「え……あ……お返しありがとうございます……？」

その場に立ち尽くしたまま、リュシアンの背中を見送る。

しばらくそのまま放心して、我に返った瞬間、ユベールはその場にしゃがみ込んだ。

心臓がバクバクと激しく跳ね、耳が信じられないほど熱くなっていた。額にじわりと汗もかいている。

（〝可愛いのキス〟って……される方はこんなに恥ずかしいんだ……！）

ユベールはばたばたと寝室に入り、ベッドに潜り込むが、しばらくはその熱が収まらなかった。

翌日から、昼間の幼いリュシアンがわずかに変わった。

ユベールの膝に乗るのを嫌がるどころか、まるで自分の椅子のごとく座るようになり、たびたびこう要求されるのだ。

「ゆべーる、きょうのかわいいのきすはまだかー？」

首をこてんとかしげるその愛らしさに、ユベールはついデレデレしてしまって「今日も可愛い！」とすべすべもちもちの頬に何度もキスをしてしまう。

すると、なぜかそのお返しを夜にもらうのだ。

そう、大人の姿のリュシアンに――。

「今日は四回だったな、よし丁寧にお返ししてやろう。ほら、膝に座れ」

手を引かれて、ソファに腰掛ける彼の膝の上で横抱きされる。

「リュ、リュシアン……！　王子の膝に座るなんて……！」

「よかったな、弟の第四王子以外ではお前が初めてだ」

なぜか栄誉を与えられたかのような口ぶりだ。

長くてごつごつした指で顎をつかまれる。

「その魔石は分かりやすくていいな。お前が怖くて嫌がっているなら、俺に激痛が走るからな」

（嫌がり発見装置みたいに使われるとは、師匠も思わなかっただろうな……）

脳裏に師匠の顔が浮かび、ごめんなさいと念じる。

視線がぶつかると、リュシアンはなぜかむっとした顔になった。

「恥ずかしいだろう、目を閉じろ」

彼は照れるとむっとした顔になるのだ、と初めて知る。

理不尽だ、と思いながらユベールは目を閉じた。視界を遮断したせいか自分の鼓動がよけいに大きく聞こえる。リュシアンに伝わっていませんようにと願う。

「ユベールはまつげが長いな」

あなたもです、と心の中で言い返しながら、昼間にユベールが幼いリュシアンにした回数ぶん、きっちりと頬にキスされるのだった。

もう明日からはしないぞ、と心に決めるが、夜が明けると愛らしいリュシアンが「きょうはしなくていいのか？　ほっぺもちもちだぞ？」ときゅるきゅるした瞳で〝可愛いのキス〟を要求してくるので、応えずにはいられないのだった。

4

雪の高位精霊が言うように、リュシアンの呪いを完全に解けないならば、次の手立ては、夜間に闇の精霊の加護で元の姿に戻るのと同じ原理で〝呪いを無効化する時間〟を増やすことだ。そうして、王都に戻り呪術者を探し出して術式を聞き出す。

魔石錬成の目標が「解呪」から「呪いの無効化の時間を増やす」に難易度が下がったことで道筋が見えた。

(陽光の精霊にも力を貸してもらって、なるべく長く無効化できれば――)

ユベールは日が昇っている間に、陽光の加護が活性化する魔石を五日間かけて錬成した。

しかし、リュシアンはその魔石を使っても日中は幼い姿のままだった。

「どういうことだ……何がいけなかったんだろう」

兎肉のスパイス煮込みを口に運びながら、じーっと大人姿のリュシアンを見つめる。

「俺の顔を見つめるのもいいが、料理が冷めるぞ」

ユベールの視線を気にすることなく、ぱくぱくと煮込みを口に運んでいく。スプーン運びはさすが上品だが、食べるスピードも量もユベールとは桁違いだった。

「うまいだろう、俺が手に入れた兎の肉は」

得意げにリュシアンは笑って見せる。

買い出しにも出られない冬は、保管している塩漬け肉や干し肉、豆類、チーズが貴重なタンパク源だ。しかし、新鮮な肉が食べたかったリュシアンは、大人姿の間にお手製の罠を仕掛け、兎を三羽も手に入れたのだ。

狩りをしたことのないユベールは、肉類はいつもすぐ調理できる状態でしか買わないので、どう捌《さば》けばいいのか戸惑ったが、リュシアンがあっという間に肉塊にしてくれたのだ。

「国境警備に一年いたんだ、なんてことない」

歌を口ずさみながら捌《さば》き、毛皮も鞣《なめ》してくれた。

「命をもらうからな、余すことなく有効活用させてもらおう」

リュシアンは食べる直前、皿を前に手を組んで感謝の祈りを捧げていた。祈る姿も、なぜか神々しく見える。

「毛皮は防腐液《ぼうふえき》に漬けているから十日くらいで鞣しの工程が終わるかな。お前の襟巻きにしよう」

「毛皮の鞣しもできるんですか……！　王子様って何でもできるんですね」

「北側の国境で寒かったからな……本で得た知識で試行錯誤《しこうさくご》したよ」

聞けば十九歳のころ、すでに騎士の称号も得て国境の警備を任されていたのだという。

第二、第三王子は騎士にはなっていないので、その点、やはり王位継承レースでもリュシアンが抜きん出ているそうだ。

毛皮は防腐液に七日間ほど漬けて、洗浄後さらに数日乾燥させるという。

「乾燥にちょうどいい日陰を探さないと」

その独り言にユベールは反応した。

「日なたの方が早く乾くのでは？」

「洗濯物ならな。毛皮は日なたで一気に乾燥させると表面が固くなって身につけられない。風通しのいい日陰が一番だ」

「何でもできるんですね……ただ偉そうに紅茶とか飲んでるだけじゃないんだ」

「ユベールは王族にかなり偏見《へんけん》があるな？」

そうは言いつつも、怒らずに笑って聞いてくれるリュシアンは素敵な大人だと思った。

二人で笑い合う穏やかな時間は、いつの間にか癒やしになっていた。

(雪が解けてリュシアンがいなくなったら、また寂しくなっちゃうな)

「そういえば今日、大人の身体に戻る時、いつもと違ったな」

リュシアンが思い出したように報告する。

大人の身体に戻る際は勢いよく戻っていたのだが、きょうの日没は、戻ろうとする力に身体が抵抗しているような時間があったというのだ。

「呪いの力が増幅しているってことですかね……」

きょうリュシアンが発動させた魔石には、陽光の精霊の力が込められている。太陽の光を浴びるほど、その力が活発化するものだ。

「陽光の力が増幅されて、呪いも強まった……？　どういうことだろう。もしかして光そのものが呪いを作用させているのか……」

ふと先ほどのリュシアンに教わった毛皮の乾燥方法がよぎる。

煮込みを慌てて口にかき込んで、ユベールは紙に文字や式を書いていく。

光と闇。相反する属性の力が一人の体内に巡るとき、出現するのは、より強い力の属性だけ。その法則を、光の力が呪いと連動しているという仮説に照らし合わせると――。

「そうか、光の力で呪いが作用して、光の届かない時間は弱まるんだ」

しかし、とリュシアンが口を挟む。

「闇の精霊の影響を受けるまでは、夜も子ども姿だったぞ？」

「光、あるじゃないですか。ほら！」

ユベールは窓から空を指さす。夜空に上弦《じょうげん》の月が浮かんでいた。

「月光か」

「ええ、でも満ち欠けがあるし太陽ほど強くないので、闇の精霊の加護が上回ったのでしょう。その間だけ光が作用せず呪いが解けていた」

リュシアンは表情を明るくした。それならば、闇の精霊の加護が日中も作用するような魔石を錬成すれば、ずっと元の姿のままで生活できるのではないか——と。

ユベールはペンを走らせて数式を書き込みながら「うーん」と唸った。

月光だから、夜間に闇の精霊が上まわれたのだ。陽光は光の量も大きすぎる上に、日中は闇の精霊の苦手とする時間帯のため、それを凌駕する魔石は作れても、効果は数時間だろう。そう説明すると、リュシアンはしょんぼりと肩を落とした。

「でも日中、一時的でも元に戻せれば、王宮に戻って大人の姿でいられる時間帯のうちに公務をこなしたり術者を探したりできますから」

ユベールのまわりでふわふわしていた闇の精霊たちが、ユベールに『僕たち頑張れるよ』と耳打ちしてきた。

「大きな水晶に闇の精霊の力を何倍も込めるので、精霊たちの協力が不可欠ですね」

「何倍もって、それはユベールが大変じゃないのか」

水晶の大きさも必要だし、時間も体力もかなり使う。難易度は上がるが、大きな魔石錬成の経験が無いわけではなかった。かつて毎年洪水《こうずい》が起きる土地を鎮めるために、師匠と二人がかりで、人頭くらいのサイズの水晶で魔石を錬成したことがあるのだ。当時は三ヶ月かかったが、完成させたい時期――つまり雪解けから逆算すると、もう一カ月もない。

「小さな魔石で実験しつつ、こぶし大の魔石錬成も同時並行で始めるとなると――」

紙にペンで計算式をつづり、リュシアンに見せた。

「仮説の検証もしながら、一時的に大人の姿に戻れる魔石を三十日で完成させましょう。雪解けまでに！」

リュシアンは紙を受け取って、じっくりとそれを読んだ。

「この式がどういうものか俺には分からないが……ありがとう、呪われた俺のために、こんなに真剣に取り組んでくれて」

微笑んで礼を告げるリュシアンは、眉尻が下がっているせいか悲しそうにも見えた。

「魔石錬成士としての研鑽でもありますから。毎晩鍛錬を積んでいるリュシアンを見習わないと」

そう言って水晶のストックを棚から取り出していると、襟足をさらりと撫でられた。

ほこりでも着いていただろうかと振り返ると、何事もなかったようにリュシアンがにこにこと笑っていた。

「嫌だった？」

嫌ではない、と伝えると「じゃあもう一度」と再び襟足に触れる。きれいなアッシュブロンドだ、と褒めてくれた。

「ユベールが幼い姿の俺にかまいたくなる気持ちが、今なら少し分かるよ」

リュシアンの言葉の真意が分からず、どういう意味か尋ねる。彼は聞こえなかったふりをして「完成は楽しみだけど、雪は解けてほしくないな」と漏らした。

「雪がお好きなんですね。僕は雪の高位精霊の祝福を受けたので、今年はこの周辺だけ雪解けが遅いかもしれませんよ」

喜んでもらえそうな返事をしたつもりだったが、リュシアンは呆れたように肩を寄せた。

「性教育の次は、心理の勉強が必要だな」

人付き合いの経験値が足りないことは認めるが、高度な貴族の会話技術をこちらに求めないでほしいと心の中で愚痴をこぼすのだった。

五日かけて完成した魔石は、闇の精霊の力を借りて日光を遮る――というものだった。

「鞣した毛皮みたいに、ずっと日陰にいるようなものです」

ユベールの解説に「たとえがよくないな」と肩をすくめ、幼いリュシアンは手のひらにその魔石を乗せる。

「発動のための鍵言《けんごん》は『我を包み陽光を退けよ』です」

リュシアンは真剣な表情でこくりとうなずき、魔石に向かって唱えた。

「われをちゅちゅみこみッ――うう、くちが……」

忌《い》ま忌ましそうに、唇をぐにーと引っ張っている。その様子があまりにも愛らしくて、ユベールは思わずハグしようとするが「あとでな」とさらりとかわされてしまう。寂しさを感じつつ、鍵言の意味合いを説明した。

「うまく発音できなくても大丈夫です。精霊にとって人間の発音なんてどうでもいいことで、本人が口にした、という事実が大事なんです」

リュシアンは紅潮した顔でこくりとうなずき、もう一度唱えようとする。

「われを――」

その瞬間、ドンと扉が勢いよく開いた。黒ずくめの男たち――おそらく三人くらい――が突然乗り込んできたのだ。手元にぎらりと光るのは短剣だ。

突然のことに一瞬足がすくんだが、リュシアンの大声で我に返る。

「ゆべーる、おくのへやだ!」

ユベールはリュシアンを抱き上げて自分の寝室へと向かう。

部屋が三つしかない小さな家なのに、自分の寝室が遠く感じた。震える自分の足に「動け」と念じて必死に走る。

寝室のドアに鍵をかけてユベールを降ろすが、ドアが激しく叩かれ「開けないと蹴破るぞ」と低い声で脅される。

「な、なに……だれなんだ?」

「おれへのしかくかな、おうきゅうにれんらくをいれたときから、おれがぶじだとばれているからな」

しかし場所まで特定されるとは思わなかった、とリュシアンは短い腕を組む。

「刺客って……いやそんな悠長に悩んでる場合じゃ……!」

ドアが何度も蹴られているようで、衝撃のたびに蝶番がずれていく。蹴破られるのは時間の問題だ。気づけば窓の外にも人影が。三人のうち一人は外に回ったようだ。窓を割って侵入されたら挟み撃ちになる。

リュシアンは、もう一度魔石に鍵言を唱えた。

「われをちゅちゅみ、ようこうをしりぞけよ！」

鍵言が届いた魔石は、ぱっと光を放ち、そこから発生した黒い霞がリュシアンを覆った。

すると、ビリッという布の裂ける音とともに、大人の、二十四歳のたくましいリュシアンが姿を現した。「また服を破いてしまった！」と叫びながら。

「服はいいですから！　その前にリュシアン、全裸です！」

リュシアンは椅子に掛けていたユベールのストールを腰に巻き「一緒に風呂に入った仲じゃないか」と不敵に笑う。

直後に窓を割って黒ずくめの男が飛び込んでくる。

飛び散るガラスの破片、短剣を持った刺客、非力な自分、そして半裸の王子様――。

（だめだ！　やられる！）

ユベールは命を守るため降参のポーズを取ろうとしたが、なぜかリュシアンは生き生きと笑っていた。

「こらこら、マナーがなっていないな」

リュシアンのこぶしが、いつのまにか刺客の男の顔にめり込んでいる。すかさず膝が、男のみぞおちを蹴飛ばした。

「まずは挨拶が先だろう？」

リュシアンは生徒を優しく指導するような口ぶりで話しかけつつ、男をもう一度蹴飛ばして壁にたたきつけた。

「ユベールはクローゼットか机の下に隠れるんだ」

混乱しているユベールは何度もうなずいて、机の下に潜り込む。

リュシアンは刺客の男が落とした短剣を手にドアに向かう。破壊されそうになっていたドアを躊躇《ちゅうちょ》なく開けると、つんのめって倒れ込んできた男の首にぴたりと短剣の先を突きつけた。

「動くな。動いたらお前はここで失血死だ」

後ろにいたもう一人も、動きを止めた。

「抵抗して、あいつみたいに壁のオブジェになりたいか?」

リュシアンは最初に吹っ飛ばした刺客を指さす。壁に背を預ける形でぐったりと気絶していた。

そのまま剣を突き立てていた男の腹に拳をめり込ませる。男が泡を吹いて床に倒れると、後ろの刺客が襲いかかってきた。

ユベールは引き出しから取り出した氷の魔石を発動させ、こう叫ぶ。

「伏せて!」

リュシアンがさっと屈むと、男に向かって人間の胴体くらいはある氷塊が飛んで行く。氷塊は刺客の男を寝室から追い出すように吹き飛ばし、男の身体を挟んで壁にめり込んだ。その瞬間「ぐぇ」という声が聞こえてきた。

リュシアンは男たちから武器を奪い、気絶しているうちに納屋から持ってきたロープで拘束《こうそく》した。意識を取り戻した刺客の一人が「なぜ騎士がここに……」と悔しそうにつぶやく。

「ん?」

大人の服を着ながら、リュシアンが反応する。

「俺が騎士に見えるか?」

「違うのかよ、その見た目と実力で騎士じゃなかったらなんだよ」

刺客が唾を吐いて見せる。彼らはリュシアンを第一王子として認識していなかったのだ。

「となると、標的は俺じゃないな」

リュシアンはユベールにこっそり耳打ちをする。

(標的は僕……?)

刺客にリュシアンが顔を近づけ「暗殺にしてはお粗末《そまつ》だな」と鼻で笑うと、報復を恐れたのか刺客が弁明を始めた。

「暗殺なんて頼まれてない！　この家の青年を連れてこいって言われただけだ！」

「ふーん？　誰に？」

「知らねえよ、身なりも良かったからお貴族様だろ。なんだよ、華奢で一人暮らしだから簡単に拉致《らち》できるって聞いてたのに……」

ユベールはリュシアンと顔を見合わせた。

これほど人と関わりを持たないユベールの身体的特徴を知っているのだから、拉致を支持したのは直接会ったことがある人物に違いない。

（会ったことがある貴族……）

あっ、とユベールは声を上げる。リュシアンが身体を折って耳を傾けてくれた。

「リュシアンがうちを訪ねてきた日、日中にもう一件来客があったんです」

魔石の取り引きをしてほしいと尋ねてきた、名も知らぬ貴族だった、と説明する。

ユベールはリュシアンに手を引かれ別室に移動し、事情の説明を求められた。

その瞬間、リュシアンはぽんと音を立てて幼児姿に戻ったのだった。腰に巻いていたストールに埋まるように。

「もうもとにもどってちまった……」

ユベールは手元の懐中時計を確認し、実験メモに「水晶八十グラム、錬成五日、属性闇、効果十七分程度」と書き込んだ。仮説は実証された。あとは時間の許す限り効果の高い魔石を錬成するだけだ。

自分を訪ねてきた貴族の話をしつつ、刺客たちの処遇《しょぐう》を相談した。このまま自宅に拘束し続けるわけにもいかないし、かといって雪山に放って再び襲われてもかなわない。

ふと、雪の高位精霊の祝福を思い出す。

さっそくユベールに呼び出された雪の高位精霊は、事情を聞いてにっこりと笑った。「殺さなければいいのだろう?」と、三人を引きずって雪原に消えた。遠いところに連れて行ってくれるのだろう。

小屋に二人になると、リュシアンは自身の舌足らずにイライラしながら教えてくれた。王家としか取り引きが許されていない魔石錬成士の情報が、貴族に漏れていること自体がおかしな話なのだという。

「どこでもれたのか……これがひろがってたらゆべーるのみがあぶないぞ」

警戒をしつつ、雪解けを迎えて王都に戻ったらその貴族を探す必要もありそうだ。

ユベールはストールだけをまとったリュシアンに子ども服を着せながら、先ほどの礼を伝えた。

「一瞬で刺客をやっつけるなんて……すごくお強いんですね。ありがとうございました」

すると、リュシアンはもちもちの頬をこちらに近づけて、むすっとした顔で「ん」と言った。

「おひめさまが、たすけてくれたおうじさまにどんなおれいをするかちってるか？」

感謝のキスをしろ、という意味だと分かったユベールは、笑いながら柔らかな頬に口づけた。こんなに愛らしいリュシアンにキスができるのだから、自分のほうがご褒美をもらっている気分だというのに。

「助けてくれたのが本物の王子様なんだから不思議な気分です」

「ゆべーるはうんがいいんだな」

ふたりでくすくすと笑い合った。


人間のこぶし大の水晶に闇の精霊の力を封じ込める作業は、見積もって二十五日。

その間、再び刺客に襲われることもなかったので錬成に集中できていた。

実験で錬成した小さな魔石で、リュシアンが大人の姿に戻れるのは十数分。その魔石が再度使用できるようになるまで半日ほどかかるため、実質一日一回しか使えないだろう。

おそらく今錬成している大きな魔石も同様で、一日一回が使用限度。少しでも大人に戻る時間を長く出来るよう、より多くの闇の精霊の力を借りなければならなかった。

リュシアンが昼間に大人で居られる十数分で何をしてくれているかというと、ユベールのために毎回ハニーミルクを作ってくれた。

「家事や鍛錬をするには時間が足りない、頑張ってくれているユベールのためにできるのは休憩用の飲み物を用意するくらいだ。でも夜はちゃんと寝てほしいな」

テーブルにハニーミルクの入ったマグカップを置くと、リュシアンはそう告げた。最近は夜間も錬成に時間を割いている。時間と労力を割くほど、込める力は大きいからだ。錬成を始めて十五日。十日もあれば完成するだろう。

「ありがとうございます、僕も一人でこんな大がかりな魔石を作るのは初めてですが……すごくやる気に満ちてるんです」

理由を問われ、少し考えてからこう打ち明ける。

「今まで王家からのオーダーリストに沿って錬成してきたでしょう？　納品後は誰がどう使うかなんて全然知らないんです。でも今回、初めて目の前に魔石の使用者がいて、魔石で困りごと解決の手伝いができるんだと思うと、なんだか休んでいられなくて」

胸元が温かくなって、活力が湧いてくるのだ、とユベールは語った。思わず顔がにやけてしまう。

「お役に立てる実感って、こんなに心地のいいことなんですね」

目の前にいたリュシアンが、がたっとその場で膝をついて胸を押さえた。ぎゅっと目を閉じて苦しそうにしている。

「大丈夫ですか！」

リュシアンは大丈夫と返事をしたが、顔の紅潮《こうちょう》や脈の速さを考えると、心臓や肺に疾患《しっかん》があるのではと不安になった。

「続くようなら言ってくださいね。姿が元に戻れなくても、子ども姿のまま医師に診てもらうことはできます。命より大切なものはないんですからね」

念を押すが、リュシアンが「気にしないでくれ」と顔の前で手を振った。なぜか気まずそうで、少し動きもぎこちない。

「ユベールこそ、身体を壊さないように」

そう言い合って、思わず噴き出してしまった。

「お互いの心配ばかりしてますね」

その夜だった、ユベールの身体に異変が表れたのは。

（おかしい、何の病気だ？）

ユベールはベッドの中で硬直していた。リュシアンに指摘されて早めに就寝しようとしたら、下半身の様子が急激におかしくなったのだ。下腹部が熱くなって、そっと触れてみると、やはり股間が張り詰めている。

(疲れてるのに……どうして勝手に……)

タイミング悪く、部屋に大人姿のリュシアンが訪ねてきた。よく眠れるようにホットミルクを作って持ってきてくれたのだ。

「あ……リュシアン……」

半身を起こすと、リュシアンは様子がおかしいことに気づいたのか歩み寄る。

「どうした、そんな不安そうな顔をして」

この現象を尋ねられるのは、彼しかいなかった。

「あの、身体がおかしいんです」

リュシアンは慌てて額に手を当て、熱を確認する。次は脈だ。異常が無いと分かると、症状を尋ねられた。

「僕……すごく疲れてるのに……あの……なぜか股間が……疼《うず》いて……っ」

情けなくて涙ぐんでしまう。

「これってどういうことなんでしょうか。疲れているのになんで」

ああ、とほっとした表情を浮かべるリュシアンは、これも生理的現象だと教えてくれた。

「疲労がピークに達すると、刺激や興奮がないのにそういう状態になることがある」

「えっ……これも普通に起きることなんですか」

日常的ではないが、多くの男性が疲労時には経験するのだという。

「リュシアンも起きますか？」

「ああ、経験はあるよ」

そう聞いて、ユベールはほっとする。

「疲れているのにこうなるのなら、元気なときはずっとこの状態なんじゃないかと心配してしまいました」

服もパンパンだし大変ですよね、などと言っていると、リュシアンが頭をなでてくれた。

この状態なら放っておいてもいいし、〝処理〟で落ち着かせるのも一つの手段だという。

「自分でする元気はないな、あまり気持ちよくないし……なんとか横になって沈静化するのを待ちます」

男の身体って不思議ですねえ、とぼやきながら、ユベールはへらへらと笑って見せた。

「俺はちょっと悪い男になろうかな」

そう言って、リュシアンがベッドに腰掛けた。

「おいで。すぐに眠れるよう、俺が楽にしてあげる」

「ええっ、でもリュシアンに……王子にしていただくことじゃありません、お金も払えないし！」

「俺がしたいんだよ」

覆い被さってきたリュシアンに、頬にチュッとキスをされた。わざと音を立てて。

「……これは……なんのキスですか？」

ドキドキしながら尋ねる。〝可愛いのキス〟なのか〝お礼のキス〟なのか――。

「さあ？　当ててみて」

「意地悪しないでくだ――ッ」

言い終える前に、ユベールの太ももをリュシアンが手のひらで撫でた。

「同意なしで進めるとお前の師匠から罰が下るからな、ユベール、今夜のそれ、俺に鎮めさせてくれる？」

低くて甘い声で、まるでねだるようにささやかれる。耳から脳内に興奮物質が流し込まれたような気分だ。ユベールの身体を震わせた。

「りゅ、リュシアンの手を煩わせるなんて」

「俺が煩わしいと思ってなかったらいいの？」

どうせ一度しているのだから何度したって同じではないか、とリュシアンはユベールをそそのかす。

「あっ……リュシアン……っ」

リュシアンの大きな手が、ユベールの昂ぶりにそっと触れるのだった。

再びリュシアンに手ほどきを受けたユベールは、両手で顔を覆っていた。

「なんでも自分でできるように、と思ったのに、こんなことで介助してもらうなんて自分が恥ずかしいです……」

「そう？　俺は役に立てて嬉しいけどな」

リュシアンがにこにことガウンの乱れを直してくれる。

ふと、リュシアンのガウンの下腹部が盛り上がっていることに気づく。

(リュシアンも疲れていらっしゃるのかな)

じっと見つめていると、おでこを人差し指で突かれた。

「他人の股間を凝視するな」

「だってリュシアンもお疲れなんでしょう？　僕のお手伝いは必要ないですか？　他人の刺激のほうが気持ちがいいって……」

ごほん、と咳き込んで、手のひらを突きつけてきた。

「お、俺は大丈夫」

「お返しに僕にもやらせてください、痛くしませんから」

「えっ」

ユベールはリュシアンをベッドに座らせ、そろりと手を伸ばす。

「あっ……こら！」

リュシアンのまねをして触れてみると、そこには自分とは比べものにならない質量の硬い物があった。

自分のものを触って、もう一度触ってみる。

「あれ？　なんか大きさが全然ちが――」

リュシアンの大きなものを何度も触って確認していると、それを阻まれた。

「こらこらこら、比べるな。そんなところで探究心を出すな」

「こんなに違うものなのですか」

「俺も人と大きさを比べたことはないが、まあお前よりは……」

ユベールはなぜか落ち込んでしまう。

「そうですよね、背も全然違いますもんね……でもなんだろうこの敗北感……」

性器の大きさで優劣は決まらない、とリュシアンはユベールに訥々《とつとつ》と説明した。

ユベールは少し涙目になりながら「じゃあ僕にもお手伝いさせてください」ともう一度

股間に手を伸ばすと、鼻をつままれた。

「いらん」

「殿下のが大きいから、僕の手では満足できないということですか」

「違う」

リュシアンはユベールの肩に手を置いて、真剣な表情を浮かべた。

「ユベール、想像してくれ。狼に大きなステーキを出して『一口だけどうぞ』って伝えて、本当に一口で我慢してもらえると思うか？」

「いえ思いません……狼は獣ですから食べ尽くすんじゃないでしょうか」

そう答えるとリュシアンはうむとうなずいて「そういうことだ」とユベールを自分から引き離した。

「リュシアンは人間じゃないですか……」

そう言い返すが、無理やり寝かしつけられる。一度達したおかげかそのままぐっすりと眠ってしまった。

夢なのか現実なのか「狼だよ」という低い声が聞こえたのだった。

5

リュシアンの呪いを一時的に弱める魔石が完成したのは、錬成にとりかかって三十日目、ちょうど雪解けが始まったころだった。

王都の老医師に頼んで王宮と連絡を取り、リュシアンの帰還のために迎えを要請した。

「リュシアン、魔石で大人の姿でいられるのは三時間ですからね。時間になったらちゃんと人の目につかないところで元の姿に戻るんですよ」

ユベールの言い方に、魔石で大人の姿になったリュシアンが片眉を上げる。

「あのな、大人の姿が本来の俺、子ども姿が呪われた姿。分かってる？」

「分かってますけど……初対面が小さい方のリュシアンだから、つい」

そんな言い合いをしているうちに玄関扉がノックされた。窓の外を見ると、雪が解けたばかりのカラマツの森に、馬を引いた騎士がずらりと並んでいる。二十人はいるだろうか。

扉を開けるなり「殿下！」と髭《ひげ》を生やした騎士が、胸に手を当てて声を張り上げる。

「王宮第二騎士団、リュシアン殿下のお迎えに上がりました」

その身体の大きさや気迫にひるんだユベールだが、リュシアンは涼しい顔で「ご苦労」とだけ言った。

数名の騎士が入ってきて、リュシアンの着替えを手伝い始めた。

真っ白のシャツにシルバーのアスコットタイ、金の刺繍が映えるネイビーのジャケットに同色のパンツ、そして上等な黒革のブーツ――。

広い肩幅や長い手足にきちんと合った上等な装いは、おとぎ話から飛び出てきた美しい王子様のようだった。

（いや、本物の王子様なんだけど）

手首のボタンを留めながらリュシアンはちらりとユベールを見る。

（これでお別れか……）

一緒に過ごした今冬の思い出が、次々と蘇る。

大変だったし驚かされてばかりだったけれど、幼いリュシアンと大人のリュシアンがいてくれたおかげで、三人暮らしのような賑やかさとなり孤独から解放してくれた。そして様々なことを教えてくれて、自分を少しだけ大人にしてくれた。

ユベールは、リュシアンが鞣して作ってくれたラビットファーの真っ白なマフラーをさっと首に巻いて見せた。

「いただいた襟巻き、大切に使いますね」

「ああ、今日から使ってくれ」

「今日から？　僕はとりあえず外出予定はなくて――」

そう返しているうちに、リュシアンが背後で待機していた騎士に目配せをする。

その騎士がユベールに衣服を差し出した。

「お着替えをお持ちしておりますので。どうぞ妃殿下」

――ひでんか？

ユベールは単語の意味がいまいち分からず、リュシアンを見上げる。

タイピンまで留めて身支度を終えた彼はこちらを見て「忘れたのか？」と言った。

「俺はここで〝運命の伴侶を見つけた〟と城に伝えたんだぞ」

お手伝いいたします、と二人の騎士がユベールの服を瞬時に着替えさせる。

「えっ？」

されるがままになっているユベールを面白そうに見つめているリュシアンは、騎士たちに「毛皮の襟巻きは着けたままで、俺の贈り物なんだ」と指示する。

「殿下お手製の毛皮ですね、愛がこもっていらっしゃいますね」

騎士たちが微笑ましく応じる。ユベールは混乱していた。

「ええ？」

「妃殿下、こちらに袖を通していただけますか」

言われるがまま腕を上げると、上等なフリル付きのブラウスにジャケットを羽織らされた。

「ええっ？」

リュシアンはコートを羽織りながら、騎士に「俺の馬は？」と尋ねている。そうしてユベールの手を握ってにっこりと笑う。

「この俺が『運命の伴侶』に振られるわけがないだろう？　王宮に帰還するということは、伴侶を連れて戻るという意味だよ」

「妃殿下、最後にお履き物を」

騎士が跪《ひざまず》いてユベールの足に靴を履かせようとする。それを制してブーツを奪い、リュシアンが跪いた。「これは俺の仕事だな」と、ユベールに履かせた。

その場にいた騎士たちが動きを止めて、珍しいものを見るように目を見開いていた。

「だめです、王子様が跪くなんて」

「今さら何を言う。ほら、こっちの足も」

もう片方の足にもブーツを履かせてもらう。騎士たちの視線にユベールはいたたまれなくなった。

訳も分からず荷物をまとめられ、リュシアンに手を引かれて外に出る。屋外で待っていた騎士が肩からコートをかけてくれた。リュシアンも用意された毛皮のコートを羽織る。

「馬車が走れる道に出るまでは馬に乗るから」

ユベールは「えっ」とうろたえている間に、リュシアンに抱えられて真っ黒な軍馬に乗せられた。ユベールの背後にリュシアンが跨がる。

リュシアンは騎士たちに顔を向けた。

「迎えご苦労だった、今日は〝愛しの君〟が疲れないよう麓の街で一泊し、あす王都に入る。先遣隊は宿を手配するように」

頼もしい返事とともに、二人の騎士が馬を翻し駆けていく。

騎士たちに指示するリュシアンの横顔は凛々しかった。鍛錬しているときのあの表情だ。

その視線に気づいて「なんだ」と微笑みかけてくれる。

どきどきしている場合ではない。なぜ自分が妃殿下と呼ばれ、一緒に山を下りようとしているのか説明を聞かなければ――。

「あの、リュシアン、僕は――」

その瞬間、騎士たちがどよめいた。「殿下が敬称なしで呼ぶのを許しているなんて」と。殿下が靴も履かせたらしい、よほどご執心だな、冬の間山にこもるくらいだからな、王家始まって以来の男の妃殿下誕生か、確かにかわいらしい青年だが――。そんな話し声まで聞こえてくる。

それをリュシアンが手を上げただけで鎮めた。

「ユベールとの会話を邪魔するな」

しん……と静まりかえる。今何かを言えばみんなに聞こえてしまう状態になり、余計に言えなくなってしまった。

「あ、あの、あとでいいです……」

リュシアンはにっこりと笑って「では行こう」と馬を発進させる。

(リュシアン！　妃殿下ってどういうことですか！)

口に出せないぶん、心の中で思い切り叫んだのだった。

山を下りて、広い道に出たところで豪奢な馬車が待機していた。それにユベールを乗せた。慣れない馬上での二時間で想像以上に体力を使ってしまったので、ふかふかの席に座れてほっとする。

ユベールが馬車に乗ったのを確認すると、リュシアンは「自分は先に宿に行く」と伝え馬を走らせた。

そう、魔石の効果があと一時間ほどで切れるのだ。

リュシアンは一足先に宿に入り、子どもに戻っている間は部屋にこもることになった。日が暮れて大人の姿に戻り、騎士たちの前に姿を現せば怪しまれることもない――という計画だ。ユベールも馬上で聞いたばかりだが。

ユベールが今日の宿に到着したころには、もう夕暮れだった。ユベールの体力を気遣って、途中で二度ほど休憩を挟んでくれたので、予想より時間がかかったのだ。

ユベールは足下をふらつかせながら苦笑いを浮かべつつ、宿屋で最も上等な部屋をノックし、入室したのだった。

「おそかったな」

宿屋という名がふさわしくないほど豪華な部屋で、幼いリュシアンがベッドにちょこんと座っていた。宿と騎士には、ユベールが到着するまで眠るため絶対に起こすな、と厳命したそうだ。

「リュシアン……！　もう！　もう！　説明してくださいー！」

ユベールは駆け寄って、幼いリュシアンを抱き上げる。

「僕は怒ってるんですよ！」

そう言いながらくるくると回り、ぎゅーっと抱きしめた。怒っている態度ではないことは分かっているが、身体が勝手に動いてしまうのだ。

「すまない、ちゃんとはなすよ」

リュシアンはユベールに計画を話した。

ユベールを王子妃候補として王宮に帯同し、そばにいてもらうことで幼い姿になったときのサポートをしてもらいたい、というものだった。

「どうしてそれを先に言ってくれないんですか、僕にも準備ってものが」

リュシアンは口をとがらせて、もじもじしながら漏らした。

「ことわられたら、かなちいから……」

リュシアンは、ちらっちらっ、とこちらに視線を送る。一緒に暮らして気づいたが、あえて子どもらしい態度を取るのは、愛らしさを最大限に生かした彼なりの戦略なのだ。

そうしてユベールは、毎回このような仕草の彼のお願いを断れない。

「もう！　本当に勝手なんだから！　呪いが解けるまでですからね」

怒って見せつつも、身体は勝手にリュシアンを膝に座らせて、さらさらの黒髪を必要以上になでなでしてしまうのだった。

「ああ……よろちくな。のろいがとけるまでは、おうじひこうほ、だ」

リュシアンは天使のような笑みを浮かべて「やくそくだぞ」と手を握ってくれた。ふにふにとした小さな手が愛らしくて、ユベールはまたでれでれしてしまうのだった。


日が暮れて大人の姿に戻ったリュシアンは、騎士たちの前に姿を現して一緒に食事を取った。部屋に戻って驚いた。どこか別の部屋を手配してもらっているかと思いきや、先ほどのリュシアンの部屋が自分の部屋でもあるというのだ。

「ベッドは一つしかないのに……」

部屋の入り口で驚いているユベールの両肩に、リュシアンが背後からぽんと手を置いた。

「まあ山小屋に二人でこもって越冬した、熱々の恋人同士だからな。騎士たちも気を遣ったつもりなんだろう」

「どんな想像をされていたのか、考えないようにします……」

「似たようなことは、したけどな?」

からかうリュシアンの胸元を、ユベールがぽかぽかと殴る。それを警備のためについてきた騎士が目撃して、目を剥いている。

「あ……、お、俺お邪魔ですよね。部屋の前で警備しておりますが、どうぞ音などお気になさらず！」

そう言って、騎士は慌てて廊下側から扉を閉めた。

「……音？　何の音だろう」

リュシアンがくすくすと笑いながら「ユベールのいびきじゃないのか」とからかう。

もしや自分はいびきがうるさいのだろうか。ユベールは不安になって口元を手できゅっと押さえた。今閉じたって意味が無いのに。

リュシアンはソファに腰掛けてユベール呼び寄せた。

「嘘だよ嘘、ほらユベールの顔はまだ仕事があるのだから解放してやれ」

「仕事ですか？」

魔石や水晶の入ったバッグに手を伸ばすが、その手首をつかまれた。

そのままリュシアンの隣に座らされる。こちらを見つめる彼のエメラルドグリーンの瞳がいたずらっぽく輝いた。

「きょうは〝可愛いのキス〟、一回しかしてこなかったな」

これは〝可愛いのキス〟のお返しをされる流れだ。一回でよかった、と安堵する。

「そりゃそうですよ、大人でいた時間のほうが長いんですから」

「寂しいな……でも一回は、一回だ」

顎をつかまれ、リュシアンの整った顔が近づいてくる。恥ずかしくなって顔を背けようとするが、動かないよう肩に手を回されてがっちりと固定されてしまった。

「お返しはもういいですから……っ、返すなら小さい姿のときに返してくださいよ」

「あの体格じゃユベールを抱きしめられないじゃないか」

「僕が抱きしめますよ、ずーっと！　ぎゅぎゅーって」

想像するだけで思わず顔がにやけてしまう。

「幼児姿の俺に向ける愛を、もう少し大人の俺にも分けてほしいな」

リュシアンの唇が、ちゅっと音をたてて頬に触れる。恥ずかしくてくすぐったくて、胸がどきどきして、顔が一気に火照ってしまう。

「うう、ちびリュシアンが可愛いばっかりに……」

恨み言を漏らすと、リュシアンが少しむくれて言い返した。

「俺だって可愛いだろう？」

「大人のリュシアンは『綺麗でかっこいい』でしょう」

「いいね、もっと言っていいぞ」

言われ慣れているくせに、と心の中で反論するが、嬉しそうに白い歯を見せるので何も言えなくなってしまう。

「明日の昼には王宮入りだ、みんなの前では魔石錬成士であることは隠して〝運命の恋に落ちた王子妃候補〟で頼むぞ」

うなずいたが、ユベールには不安があった。

自分を知っている人物が少なくとも三人はいるのだ。

一人は魔石取り引きのために自宅に訪れていた臣下の男性、あとの二人は二ヶ月程前に魔石取り引きを要求してきた貴族の男性とその従者だ。ユベールがフードをかぶっていたため、顔は見られていないとは思うが会話はしている。リュシアンにそう打ち明ける。

「魔石取り引きを任せている臣下は信頼の置ける人物で、すでに口止めしている。問題はその貴族だ。拉致までしようとしたからな」

逆に言えば、王家以外の魔石取り引き自体は罪となるため、貴族側もユベールと顔を合わせてしまっては、罪を承知の上でのもくろみが表沙汰になってしまう。

「ユベールは王宮の人間以外には顔を見られないようにしよう」

王宮への入場も馬車で入ればいいし、貴族が集まるような社交界に出なければ会うこともないという。貴族でも親族でもない限り王宮を好きに歩き回れない。

「それと、運命の恋に落ちたふり……というのはどういうことをすればいいでしょうか」

恋人がいたことがないので全く分からない。リュシアンは「今まで通りに過ごせばいい」と肩をすくめた。

「呼び捨てても、怒ってこぶしでぽかぽか叩くのも、お前にしか許していない。あとは俺からのスキンシップにいちいち緊張しないことだ。それと……そうだな、時には甘えるそぶりを見せてくれ」

甘える、と言われても具体的に何をしたらいいのか分からない。「お腹すいた」「抱っこして」などと言うのは恋人ではないだろうし——と考えていると、リュシアンが考え方を教えてくれた。

「俺はユベールが大好きで、ユベールも俺のことが好きで、どうしたって裏切られることがない信頼が二人にある——という前提で行動すればいいんだよ」

俺はユベールが大好き、のくだりで、なぜか手にじわりと汗をかいてしまう。本当にそんなことがあるわけないのに、低くて艶《つや》のある彼の声でそう言われると、なぜか体温が上がりそうになる。

「だから俺には『リュシアン愛してる！』って念じながら笑みを浮かべるんだぞ」

「あ、愛……！　他の方に対しては？」

「イモかニンジンとでも思ってたらいい」

落差が激しいな、と思いつつ、ユベールは従うことにした。


翌日、リュシアンやユベールを乗せた馬車が王都に到着し、王宮内へと続く城門が開く。ロータリーに続く馬車専用の道も、両側には手入れの行き届いた庭園が広がっている。雪解けを迎え、今にもほころびそうな蕾に、花や風、水の精霊たちが戯れていた。

山暮らしのユベールにとっては、王都の景色だって初めてなのに、まさか王宮の庭園を上等な馬車から眺めることになるとは思ってもみなかった。

「リュシアン第一王子殿下、ならびにご婚約者ユベールさまご到着です！」

衛兵の声とともに、馬車が王宮の馬車寄せに停車する。

ネイビーを基調とする王族の装いをしたリュシアンが、まず馬車から降りた。太陽の光を浴びて美男が一層美しく輝いている。出迎えた王宮の人々も思わず見とれているようだ。これでいてあと三時間後には、あんなに可愛いぷにぷにリュシアンになってしまうのだから、呪いとは不思議なものだ。

リュシアンに手を差し出され、ユベールが続いて降りる。

この日は、昨日よりもさらに豪華な衣装が用意されていた。淡いベージュのジャケットとパンツにライトブラウンの革靴、フリルタイは宝石があしらわれ、ひときわ輝いていた。

正装でなければ王族以外は入宮が許可されない上、質素な恰好だと舐められて不利益を被るのが上流階級の世界だ、と聞いて、しぶしぶ着用したのだった。

ユベールは地面に降りると、リュシアンににっこりと微笑んだ。

（リュシアン愛してる、リュシアン愛してる——と念じながら！）

「リュシアン、手を貸してくれてありがとう」

その笑みが成功したのかどうかは分からないが、その場にいた従者や騎士たちがユベールの顔をじっと見て固まっている。

リュシアンだけが余裕を持って微笑み返し、手の甲にチュッとキスをした。

「ユベールのエスコートをする権利は、他の男には譲れないからな」

さすがリュシアン。愛し合った二人の〝周りが見えていない〟演技がとても上手だ。

「みんなの前でやめてください。恥ずかしいから……」

これはかなり本音だが、心の中でまた何度も「リュシアン愛してる」と念じる。すると、声音がいちゃいちゃしているような甘みを帯びた。自分でも満点の演技だと思う。

「はにかむ顔も可愛いな。では行こうか」

リュシアンは腕をユベールに差し出す。昨日教わったとおり、彼の腕に自分の手を絡ませてエスコートを任せた。

王宮の前で待ち構えていた臣下や侍従が、歩み寄ると深々と頭を下げた。

「お帰りなさいませ、リュシアン殿下」

そう第一声を発したのは、ロマンスグレーの黒服の男性だった。

「城の侍従長なんだ」

侍従長は、ユベールにゆっくりと頭を下げた。王宮の侍従、侍女は貴族階級の仕事。つまり彼もユベールより遙かに身分が高いのだ。そんな人に頭を下げられるのは心苦しい。

「お会いできて光栄です、ユベール様」

リュシアンに教わったとおりの挨拶を、ユベールは返した。

「ありがとうございます、僕もお会いできて嬉しいです」

国王と王妃が応接の間で待っている、と聞いて血の気が引いた。

リュシアンは面倒くさそうに「待たなくていいのに」と漏らす。

「お、王様に……僕も会うんですか？　リュシアンだけですよね？」

リュシアンは動揺するユベールの肩をしっかりと抱いた。

「何言ってるんだ、将来をともにと、考えている恋人を親に紹介しないわけがないだろう」

将来を考えている恋人、という言い回しに侍従、侍女たちの空気が張り詰める。それはそうだろう、王位継承権第一位の王子が男の恋人を連れてきた上に、将来を考えている――つまり婚姻関係を望んでいると発言したのだから。

同性愛が禁じられていた時代はとうの昔に終わったとはいえ、王族が同性と結婚した事例はないことくらい、ユベールも知っている。国境警備や戦線でリュシアンと行動を共にした騎士たちは、リュシアンの幸せを願って「妃殿下」などと呼んでいただろうが、本来はあり得ないことなのだ。侍従、侍女たちでこの反応なのだから、国王や王妃は一体どれほど驚くだろうか、と不安が募る。

豪奢な回廊を進み、応接の間に到着する。中では国王と王妃が並んで座っていた。

「リュシアン！　戻ったか」

リュシアンの父、ジョルジュ二世が立ち上がった。奥では王妃グレースが涙ぐんでいる。

「突然いなくなって心配したのよ、今までこんなこと一度もなかったから……」

リュシアンは母親に歩み寄って肩を抱いた。

「申し訳ない、どうしても時間が必要だったんです」

そう言ってリュシアンは両親にユベールを紹介する。

「恋人のユベールです、わがままを言って王宮についてきてもらいました」

国王夫妻の視線がユベールに注がれる。慌てて膝を折り、リュシアンに習った作法で二人に頭を下げた。

「拝顔《はいがん》の栄《えい》を賜《たまわ》り――」

口上を述べようとすると、非公式の場だ。頭を上げてくれ」

「いいんだいいんだ、非公式の場だ。頭を上げてくれ」

国王はリュシアンとユベールに、テーブルを挟んだ向かいに座るよう促した。

「お前たちのことは概ね聞いている。リュシアンは驚くほどそういった話がなかったから最初は耳を疑ったが……」

緊急脱出用の魔石を誤作動させてユベールと出会い、恋に落ちた――という話は国王にもしっかり届いていたようだ。お茶をすすりながらグレース王妃が尋ねる。

「それで愛の詩五十篇はもう完成したの？」

リュシアンは涼しい顔で「もちろん」と紅茶をすすった。

そうだった、「五十篇は愛の詩を捧げなければ帰れない」と王宮に連絡したのだった。

ユベールはなぜか一人だけ恥ずかしくなってうつむいてしまう。リュシアンがユベールの手を取って、指先にキスをした。

「愛の詩五十篇を捧げる、というのは王族のしきたりにならった愛情表現なんだ。慣れてもらわなければ困るよユベール」

王族は恋をするのも大変なのだな、と思いながら、ふと気づいて聞いてみる。

「えっ……じゃあ〝可愛いのキス〟のお返しのルールも、もしや王族特有の――？」

「い、いや、それは……」

珍しくリュシアンが戸惑っていると、国王が高らかに笑った。

「リュシアンは本気のようだな！　ユベール、息子はなんとしてでも君にキスがしたくて口実を作っていたんだよ」

リュシアンが顔を赤くして「父上……」と目を伏せる。王妃も目を丸くしている。

「こんなリュシアン初めて見たわ、いつも人を食《く》ったようなあなたも、好きな人の前ではそんな可愛い顔をするのねえ」

右手で目元を隠したリュシアンは耳まで赤くなっていた。

「母上までやめてください、せめてユベールの前ではかっこいい男でいたいのに……」

なぜか元気がなくなっていくリュシアンを元気づけたくて、ユベールはリュシアンの手を握り返した。ここは運命の恋人が慰める場面だ、と張り切って。

「リュシアンはかっこいいですよ！　とっても物知りで、一緒にいる間もたくさん勉強を教えてくださったじゃないですか」

どんなことを教わったのだ、と国王に問われ、ユベールは得意げに答える。

「最初に教わったのは、夜一人で――ング」

腰を突然引き寄せられ、口元を大きな手で塞がれる。

「ユベール！　俺たちが過ごした熱い時間は二人の秘密にしようじゃないか」

何か言ってはまずい内容があったのだろうか、と思いつつ、声が出ないので何度もうなずく。

国王がお熱いことだ、と呆れて笑った。しかし直後、真剣な表情になる。

「しかし、恋人と結婚は別物だ。男の正妃など前例がない」

そこで、だ、と国王が提案する。

「彼をそばに置きたいなら側妃にしてはどうだろう。世継ぎを考えると王子妃は女性にしなければならない。側妃なら問題も起きないだろう」

側妃もなにも、リュシアンと自分は結婚する予定などないのに――と思ったユベールだが、ふとリュシアンに美しい女性の王子妃が寄り添う光景が浮かぶ。

チク、となぜか肋骨の間に針を刺されたような痛みを感じた。その光景を見たくない、と思ってしまったのだ。

王妃が、リュシアンのためのささやかな宴《うたげ》を明日の夜に開く、と告げた。

「そこで王子妃候補も三人ほど招待していますから、気に入ったご令嬢を選びなさい。社交界の令嬢はみんなあなたに恋をしているもの、きっと喜んで受けいれてくれるわ」

自分は彼の恋人を演じているだけなのに、なぜか胸の痛みが治まらない。

（リュシアンが美しい令嬢の手を取るところを、どうしてこんなに見たくないと思ってしまうんだろう……）

あの〝可愛いのキス〟のお返しみたいに、令嬢にも頬にキスをするのだろうか。

そんなところを想像してしまう。胸元のフリルタイをぎゅっと握って、なんとかこみ上げる感情を抑えようとした。

凛とした声で、その流れを止めたのは他ならぬリュシアンだった。

「俺の恋人の前で、別の人物を正妃にする話などやめてください」

彼の横顔からは表情が消え、怒っているように見えた。

国王は、しかし王位継承者としての世継ぎが――と弁明するが、リュシアンは首を横に振った。

「言っていたでしょう、美しいと思える人物を妻にする、と」

それはユベールも聞いたことがある。政略結婚の存在を教えてくれたときだ。この美貌のリュシアンが美しいと認める人物など、なかなかいないだろうと笑ったことがあった。

「ですから、容姿の整ったご令嬢をきちんとご招待しているわ」

王妃がそう言うのだから、きっと見とれるほどの美女を集めるのだろう。

「誰が容姿のことだと言いましたか？　俺は心こそ美しい者を伴侶にしたい。それがユベールであり、彼がたまたま男性だっただけなのです」

これは演技だ、と何度自分に言い聞かせても、心臓はどきどきするのをやめてくれなかった。

「自然に、大いなるものに愛され、それらを愛し、どれほど孤独に苛まれようと、まっすぐひたむきに生きる彼を、生涯の伴侶に欲しいと思ったのです」

真に受けるな、リュシアンの迫真の演技だ――ユベールはそう心の中で唱えて、下唇を噛む。

リュシアンは「それに」と付け加えて、ユベールの頭に自分の額をこつんと当てた。

「心だけでなく見た目だって世界一可愛いでしょう、俺のユベールは」

「も、もう……！　リュシアン、冗談は――」

彼を押し返そうとするが、手を取られて指先にキスをされた。リュシアンは視線だけを国王夫妻に向ける。

「ね？　鏡もない山奥で暮らしていたから自覚もありません」

何の自覚だろう、と首をかしげるが、国王夫妻は理解したのかくすくすと笑っていた。国王夫妻とリュシアンの議論は平行線に終わった。国王としてはリュシアンに王位を継いでもらいたいが、世継ぎが望めないとなると第二、第三王子を支持する貴族たちが黙っていないだろう、ということらしい。

その点に関しては、リュシアンの幼子になる呪いが解けてしまえば、自分は王子妃候補ではなくなるのだから無用な心配。リュシアンものらりくらりと時間を稼げばいいものを、なぜか「ユベール以外にあり得ない」の一点張りなのだ。

そこまで溺愛を演出しなくても、と思うが彼なりに何か狙いがあるのかもしれない。


リュシアンが城に戻った宴は、王族とその親族でささやかに開かれることとなった。もちろんリュシアンのパートナーとしてユベールも出席する予定だ。

ユベールの小屋を訪ねて魔石取り引きを要求した貴族が、王家の親族である可能性もわずかにあったが、国王夫妻主催とあって招待を断るわけにはいかなかった。

国王夫妻との謁見が終わってまもなく、魔石の効果が切れて幼い姿になったリュシアンは、こっそり準備しておいた子ども服に着替え、ベッドに腰掛けて足をぶらぶらとさせた

「かのうしぇいはすくないが、まんがいちぱーてぃーにそのきぞくがいたときは、すぐにおれにおちえてくれ」

「分かりました。会ったとはいえ、僕はローブを目深にかぶっていたのでそれほど顔は見られていないでしょうし」

ユベールはドアの外を気にしながら小声で返事をする。疲れがたまっていて日暮れまでは休むので部屋に誰も入るな、とリュシアンが指示しているが、それでも警戒が必要だ。

「それと、ましぇきれんしぇーしであることもばれてはいけないぞ。それこそ、ほうぼうからねらわれかねない」

国王含め、ユベールこそがこの国最後の魔石錬成士であり、王家と重要な取り引きをしている人物だとは誰も知らない。山小屋でひっそりと暮らしていた平民、という認識だ。

「リュシアン、一つ問題があって。僕、パーティーがどんなものか分からないんですが、作法とか衣装とか、どうしたらいいか何一つ分かりません」

「さほうはおれがおちえる、かんぺきじゃなくていい。ただ……」

問題は衣装だ、とリュシアンは言った。宴は明日の夜。今からオーダーするどころか、既製の衣装を買いに行く時間もない。リュシアンはユベールの身体をじっと見つめた。

「ゆべーるにぴったりのいしょうは、あらためてつくるとして……そうだ！」

リュシアンはぱっと表情を明るくして、頬を紅潮させた。

午後七時から始まった宴だが、リュシアンとユベールは少し遅れての参加となった。

「いいんですか、遅刻しちゃって」

「大丈夫、主役は俺とユベールなんだから」

不安がるユベールにリュシアンは優しく声をかけてくれる。グレーと白を基調としたジャケットに同色のスラックス、磨き上げられた白の革靴がとても似合っている。アスコットタイだけラベンダーの差し色にしているのも、とてもおしゃれだ。

「おとぎ話に出てくる王子さまみたいです、リュシアン」

見とれてつい本音が出る。リュシアンは「俺はたしか王子だったと思うが」と笑ってユベールの髪の乱れを整えてくれた。

「ユベールこそ、今日はとっても素敵だ」

「こんな上等の服、初めて着るので歩き方も忘れてしまいそうです」

ユベールの正装はオフホワイトで統一した。

昨夜、侍従長が用意してくれたのはリュシアンの少年期の衣装だった。「殿下が十四歳のお誕生日にお召しになったお衣装でございます」と言われたときには、青年としての矜持がわずかに傷ついたが、当時から騎士を目指して訓練していたリュシアンなのだから、発育も良かったのだろう。

（今だって頭一つ分以上身長差があるし、筋肉量はもしかしたら何倍も――）

そう思うと、恥ずかしくなってそわそわしてきた。

「大丈夫、ほら見て」

リュシアンに肩をつかまれて、近くにあった鏡と向かい合う。

磨き上げられた鏡の中には、ジャケット姿の小ぎれいな青年が立っていた。

自宅には鏡がないので、自分の顔など水鏡でしか見ないが、こうしてみると家に飾っていた肖像画――美少年に描いてくれたのだろうと思っていた――の自分と、さほど変わらなかった。

「おしゃれってすごいですね……」

「衣装のせいじゃないよ、ユベールが素敵だからだ」

お世辞の上手な王子に手を取られ、ホールの二階の扉が開く。

「リュシアン第一王子殿下、ユベール様のご入場です！」

きらびやかなシャンデリアが吊されたホールには、管弦楽団の生演奏が響く。数十人の着飾った男女が歓談したり、ダンスを楽しんだりしていた。山小屋で暮らしていた自分には全く縁の無い世界で、あまりのまぶしさにめまいがする。

自分たちの入場で一斉にこちらに視線が集まる。全身にぎゅっと力が入った。

「大丈夫、俺につかまって」

ユベールは笑顔をつくってエスコートを受ける。階段を下りて国王夫妻に一礼をすると、本格的な宴の始まりだ。

リュシアンは一斉に囲まれた。

「殿下！　心配しましたぞ」「おかえりなさいませ、私のこと覚えていらっしゃいますか？」「うちの娘が社交界にデビューしたのでぜひご挨拶を――」

リュシアンはそつなく応じるが、誰かがユベールを話題に上げた。

「なんでも男性を婚約者としてお連れになったとか――」

その言葉で、隣にいた自分に一斉に視線が注がれる。ひそひそと話し声も聞こえてくる。

「平民だそうよ、山小屋暮らしの」「どうやってそそのかしたのかしら」「顔は可愛いが男の割には貧相《ひんそう》だな」

ユベールは息を呑む。明らかに好意的ではない視線と噂話――。

一人の若い女性がユベールを押しのけてリュシアンに迫った。

「殿下、この方と婚約するという噂は本当ですか、まさか正妃ではございませんよね？

側妃でも分不相応ですわ、平民なら妾《めかけ》が妥当かと……！」

その通りだ、とユベールは恥ずかしくて顔が上げられなかった。自分が彼の横にいることで、まるで彼をおとしめているような気がしたからだ。

リュシアンは「婚約するのは本当だよ」とうなずく。

「ユベールがたった一人の伴侶だ、と言えば、お前の空っぽの頭でも理解できるか？」

うっすらと口元だけ笑ったリュシアンが、令嬢に向けた視線は恐ろしく冷ややかで、ひと冬一緒に過ごしたユベールでも息を詰まらせるほどの迫力だった。

ユベールは心配にもなった。彼を囲んでいる令嬢たちは、王妃の話していた王子妃候補なのではないだろうか。かりそめの恋人である自分をかばうために、将来の妻を傷つけては彼のためにはならない――。

張り詰めた雰囲気を解いたのは、別の男性の声だった。

「みんな落ち着いて、まずは兄上の帰還を祝おうじゃないか」

さらさらの短い金髪に、リュシアンと同じエメラルド色の瞳――。

肖像画で予習したので知っている。第二王子のベルナールだ。

リュシアンほどではないが長身で、こちらは役者のようなすらりとした体型だ。自分と同い年の二十二歳だとは思えない大人っぽさだ。王族というのは誰しもこのように美形なのか、と臆してしまう。

その横には第三王子で十九歳になるルイがいた。ウェーブがかった金髪の間から碧眼《へきがん》がのぞく。もちろん彼も第二王子と変わらぬ背の高さとスタイルだ。

「リュシアン兄上、二ヶ月も城を開けるとは、とんだ責任感の強さですね」

ルイが嫌味を言って聞かせるが、リュシアンも負けてはいない。

「すまない、俺は真実の愛に目覚めたのだ」

ざわ……と周囲がどよめく。噂は本当だったのか、とささやき声も聞こえてくる。

ベルナールがくすくすと笑った。

「お相手が男性とあれば、世継ぎが懸念されるというのに、よく公表なさいましたね」

彼の視線がユベールに向けられる。

「かわいらしい恋人ではないですか。男性ですが兄上のお妃になる方ならレディー扱いしたほうがいいのかな」

ベルナールはユベールの手を取って、甲にキスをする。上目遣いでこちらを見るベルナールに、ぞわりと悪寒《おかん》が走った。

(どうしよう、リュシアンにされるのと全然違う……手を払うのも不敬だし)

するとリュシアンが助け舟を出してくれた。

「ベルナール、俺の宝物に勝手に触らないでくれ」

「これは失礼、何かの冗談で連れてこられたのかと思いきや本気のようだ」

ベルナールはくすくすと笑って、リュシアンに顔を寄せる。

「つまり世継ぎを作らない……王位継承を諦める、と受け止めますが、本当によろしいのですか？」

ユベールは血の気が引いた。自分が偽《いつわ》りの恋人を演じているせいで、もしやリュシアンの王位継承権が危うくなるのではないか――と。

第三王子のルイも、ベルナールに続く。

「僕がしっかり跡を継ぎますから、リュシアン兄上はご自分の人生を謳歌《おうか》してください。ベルナール兄上も、よかったらそのようにしていただいてかまいませんよ？」

人を食ったような言い方にベルナールが眉をひそめる。リュシアンの言う通り、第二王子、第三王子の間も険悪のようだ。

（なんて仲の悪い兄弟だ……！）

するとリュシアンが、二人の頭をぽんぽんと撫でた。

「何をするんですか兄上！」「公の場でおやめください！」

かっとなって頬を赤らめる二人に、リュシアンは満面の笑みで返した。

「公の場でくだらない喧嘩をする程度のお前たちに国を任せたら、即位後十日で他国の植民地だ。あまりみんなを心配させるな」

顔を紅潮させる弟王子たちだが、黙ってやられてばかりではない。

「だったらなぜ足かせにしかならない人物を伴侶に？　平民で、男で、金もない。見た目が可愛いだけでは何の得にもなりませんよ」

ルイの言葉に、さすがに言い過ぎだと思ったのかベルナールが「言葉を慎め」と注意するが、周囲も同意するようなそぶりを見せるので、十代のルイは止まらなかった。

「恥ずかしくないんですか第一王子として。もっとふさわしい女性がいるでしょう、なんでこんな――」

それ以上言えなかったのは、リュシアンの殺気が尋常ではなかったからだ。

「俺が一緒にいたいと思った人が、俺にふさわしい人だ」

重苦しい雰囲気があたりを包む。隣にいるユベールですら震えてしまうほどの威圧感だった。

そんなこちらの様子に気づいたのか、リュシアンが表情を崩してユベールの肩を抱いた。

「嫌な思いをさせてしまったな」

こめかみにちゅ、と音を立ててキスをされる。促されるままホールを退出しようとしたが、参加者たちがユベールに注ぐ視線は冷ややかだった。いたたまれず、休憩室に行くことにした。リュシアンも付いてきたが、国王に呼ばれてホールに戻らざるを得なくなった。

ぽつんと休憩室のソファに座るユベール。同室担当の使用人も、平民のユベールにはとことん冷ややかで、茶を淹れてくれたものの、ドンとテーブルに置かれ雑に給仕された。

それでも一流の茶葉で淹れた紅茶は美味だった。美味だが――。

(リュシアンと一緒に飲んだハニーミルクのほうが美味しいな)

もう山小屋に帰りたくなっていた。帰るとしても、今度は一人なのだが。

休憩室に女性が三人、入ってきた。いずれも年若い令嬢で、きらびやかな宝飾品で着飾った美女や、フリルの多いドレス姿の可憐な少女だった。

場所を譲ろうとユベールは立ち上がる。

「そこのお前、待ちなさい」

まるで使用人に指示するような口調で、赤髪の美女に呼び止められた。

「わたくしたちは、リュシアン殿下の正妃候補として本日招待されたのですけど……」

赤髪の美女が扇子で口元を隠し、ユベールをじろじろと値踏みするような目で見た。

「殿下が使用人かそれ以下のみすぼらしい平民とホールに入場したのを見かけたのよ、これって夢かしら？」

嫌味な言い回しに、後ろにいた二人の女性がくすくすと笑っている。

ユベールはなんと返していいか分からず、素直に答えた。

「分かりません……夢だといいなって僕も思います……」

突如、扇子《せんす》で頬を叩かれた。

「言葉遣いも態度もなっていないわね。殿下の弱みでも握って脅しているの？　平民のくせに正妃の座を狙うなんてあさましい！　そんな上等の服まで誂《あつら》えてもらって……恥ずかしくないの」

叩かれたユベールの姿を見て、休憩室専用の使用人も笑いをこらえている。

「すぐに王宮を去りなさい。聞けば山奥で粗末な生活をしていたそうね？　餞別《せんべつ》をあげるわ、これでも売って生活の足しになさい」

赤髪の令嬢はそう言うと、色とりどりの宝石がついたブレスレットを外し、ユベールに投げつけた。

「いえ、必要ありません……」

指先から血の気が引いて、身体が冷えていく。ブレスレットを返そうとすると、別の令嬢がユベールの頬を扇子で叩いた。

「下賤《げせん》な者が触った宝飾品などもう使えるわけがないでしょう、馬鹿な子ね」

人と関わらずに暮らしてきたとはいえ、今夜自分に起きていることが、いかに理不尽であるかは分かる。それでもユベールは怒ったり言い返したりできなかった。

リュシアンに突っかかっていた二人の王子の顔が浮かぶ。

(僕の一挙一動が、リュシアンの王位継承に響きかねない)

ユベールは令嬢たちに深く頭を下げた。

「不快な思いをさせたのなら申し訳ございません」

投げつけられた豪奢なブレスレットを休憩室のテーブルにそっと置き、ユベールは部屋を退室した。

背後でまだ令嬢たちが何かを言っているが、聞かなくてもいいだろう。どうせ自分をさげすむ言葉なのだ。

「お待ちなさい!」

ユベールは令嬢に後頭部の髪をつかまれた。

同時にブラウスの下につけていた魔石が熱を孕《はら》む。相手に激痛を与える、師匠からもらった魔石だ。

(このままじゃ魔石が発動して、令嬢に被害が――)

振り払おうとした瞬間、ユベールは手を引かれ令嬢から引き離された。

「落ち着きなさい、マリアンヌ嬢」

低く落ち着いた声が聞こえる。ユベールは誰かの胸の中に包み込まれたのだと気づく。

その体格からリュシアンかと思いきや、声音がもっと渋くて、ふわりと香る体臭も違った。

ユベールの髪をつかんでいた令嬢の声が震えた。

「あ……スミュール公爵さま……」

「いけません、レディがそのような暴行をはたらいては。ウィンザー侯爵家の名が泣きますよ」

令嬢たちは謝罪して、ばたばたとその場を出て行った。

「大丈夫ですか？　おけがは？」

スミュール公爵という人物に気遣われ、ユベールは身体を離しながら礼を告げる。

「大丈夫です、ありがとうございます」

彼の顔を見るなり、どくん、と心臓が大きな音を立てる。

整った顔立ちに、後ろに流した亜麻色の髪。四十代くらいのこの男性をユベールは知っていた。

「あ、あなたは――」

山小屋に突然やってきて魔石取り引きを持ちかけてきた、あの貴族だったのだ。

「初めまして、ユベール殿」

スミュール公爵と呼ばれていたその人物は、微笑みを浮かべて握手を求めてきた。この表情だと、ユベールがあの山小屋に住んでいた魔石錬成士だとは気づいていないようだ。

国王との用事を終えて休憩室に戻ってきたリュシアンが、スミュール公爵に声を掛ける。

「ああ、叔父上でしたか」

叔父上、と聞いてユベールは全身からさらに血の気が引く。

（叔父……？　王家を裏切って僕に魔石取り引きを持ちかけた貴族が、リュシアンの叔父さんだったなんて）

スミュール公爵はリュシアンに挨拶をすると、休憩室でユベールが令嬢たちに絡まれひどい仕打ちを受けたことを説明した。

「傷ついているだろうからそばにいてあげたほうがいいね」

「ありがとうございます、叔父上」

リュシアンはユベールの手を取る。震えていたことに気づいて、肩を抱いてくれた。

「そんなにつらい思いをさせてしまったのか、すまないユベール。こんなに指先が冷えてしまって可哀想に」

「あ……いえ……」

本当は目の前にいる人物に怯えているのだ、と口にすることはできない。

スミュール公爵が肩をすくませ笑った。

「難攻不落と言われた第一王子も、本当に好きな人の前では恋の奴隷だね。今度ゆっくりなれそめを聞かせてくれ」

ユベールは彼からハンカチを差し出される。令嬢に扇子で叩かれた際、唇が少し切れたようだ。リュシアンが大騒ぎして部屋に王宮勤めの医師を呼んだ。

治療を受けながら、スミュール公爵との関係を尋ねると、彼は国王の弟だった。

(国王の弟が、王家を裏切って魔石取り引きを……?)


目が覚めると、見知らぬ子どもがベッドに横たわっている自分をのぞき込んでいた。

どうやらあのあと、叩かれた頰と切れた唇の大げさな治療を受けながら眠ってしまったらしい。

今ユベールをのぞき込んでいるのは、黒髪につぶらな黒い瞳の、すらりとした美少年だった。

「起きたか?」

ユベールはゆっくり身体を起こし、ひとまず「はい」と返事をする。

「リュシアン兄上に会いに来たんだが、寝ているのはお前のとこのチビだけだったからさ」

リュシアンを兄上と呼ぶ、第二、第三王子以外の少年といえば第四王子のロランだけだ。

リュシアンと母を同じくする少年で、本来の呪いの標的だった王子――。

「ロラン殿下……おはようございます。ユベールと申します」

ロランはうんおはよう、とうなずいて挨拶《あいさつ》を受け入れてくれた。

リュシアンは、とあたりを見回したが、幼い姿のまま。貴族向けの子ども服を着てベッドに腰掛けていた。

「でんかはおしごとだって！」

まるで本当の三歳児のような口調で、無邪気に言って見せた。

「この小さいのはお前の親戚らしいな」

どうやらリュシアンがごまかしたらしい。

「ええ、山小屋で二人暮らしをしておりまして……」

「リュシアン兄上にそっくりだから、てっきり隠し子かと思ったんだけどな」

それに一番驚いていたのは、幼児姿のリュシアンだった。ユベールは「まさか」と否定しつつ、リュシアンが戻ったらロラン王子を訪ねるよう伝えておくと、告げた。

「僕はお前の顔も見たかったんだ。今まで『王族が無責任な振る舞いは出来ない』と徹底してスキャンダルを起こさなかった兄上が、心底惚れた男がどんな人物か……」

ユベールは、はは、と笑って「幻滅させてしまいましたね」と謝ったが、ロランは首を横に振った。

「いや、その逆だ。かわいいし純情そうだ。兄上が好きそう」

背後で幼いリュシアンがなぜかわたわたとしている。

「僕がもうちょっと大人だったら、お前と結婚してやってもよかったな。王位継承争いも僕には関係ないしな。まあリュシアン兄上には勝てないけど」

ロランはそう言って、ユベールの手の甲にキスをしてくれた。兄弟たちはそろって人たらしだ、とユベールは心の中で叫ぶ。

兄上を頼むぞ、と恰好のいい台詞を残し、小さなリュシアンには「あとで遊んでやる」と声を掛けて、ロランは部屋を出て行った。

「小さい姿、見られてしまいましたね」

リュシアンにそう向けると、短い腕を無理に組んで「うーむ、あいつもこいがたきか……」と唸っていた。

使用人たちには許可するまで入室を禁じていたが、さすがにロランは使用人たちも入室を止められなかったのだろう。

ユベールが眠っている間に驚くことが起きていた。自分に暴力を振るった令嬢たちが社交界を追放されたというのだ。

「ろうにいれて、むちうちのけいにちてもよかったんだけどな」

心ない令嬢を招待してしまったという王妃の謝罪に免じて、刑は免れたのだという。

「なんて可哀想なことを！　僕は平気ですよ」

「おれがへいきじゃない。おじうえがとめなかったら、なにをされていたか……」

休憩室の使用人の態度もスミュール公爵が見ていたようで、「王宮に勤める資格なし」と判断され、すでに追い出されていた。

「令嬢も使用人も、ほとぼりが冷めたらぜひ戻れるようにしてあげてください。僕は男ですから、このくらいなんてことありません」

リュシアンはむすっとして「かんがえておく」と答えた。

叔父上、のくだりで公爵の件を思い出す。

「そうだ、リュシアンにお伝えしなければ――」

ユベールは、王家の掟《おきて》を破って魔石取り引きを持ちかけてきた貴族がスミュール公爵だったことを打ち明ける。自分の正体にも気づいていないようだった――とも。

リュシアンは「そういうことだったのか」とうなずいた。

「おじうえは、おれののろいとかんけいいちている、とふんでいたところだった」

聞けば、リュシアンの失踪にいち早く気づいたのがスミュール公爵だったというのだ。まるで王宮内でトラブルが起きると予測していたように。

リュシアンは魔石で大人の姿になった。服を着替えながら今後の動きについて話し合う。公爵の周辺を調査し、呪術者を探すことになった。

「ひとまず、この姿でいられるうちは公務をこなさなければな」

リュシアンはユベールを連れて朝食を取りながら、公務に励んだ。ユベールはというと、リュシアンが大人の姿のうちはそれを手伝ったり、王宮の庭園などにいる精霊たちに話を聞いて呪術者の痕跡を探ったりした。

リュシアンの仕事ぶりは驚くべきものだった。

次々と運ばれてくる書類、相談事で列を作る文官たち――。リュシアンはそれに目を通してサインをしながら、文官たちに指示をしたり議論をしたりしていた。

印象に残ったのが治水と灌漑《かんがい》の事業だった。文官の出した全ての案を却下したのだ。

「なぜでしょう、ここに作るのが最も効率がよく生産量を上げられます」

文官たちが反論するが、リュシアンは別の地域をペンで囲った。

「河川の治水工事はこの三つの地域で実施する」

「ですが、そこは土地も痩せていて費用対効果が」

リュシアンは冷ややかに返した。

「暴れ川を改修で治めるのが先だろう。国全体が不作でもない現時点では災害から命を守るのが最優先だ。このまま毎年水害で数百人が死に続けていいと思っているのか？」

文官が「そういうわけでは」とうろたえるが、それでもまだ自分の案を諦めきれないでいるようだった。

「利益につながる事業は放っておいても領主がする。国王の名のもとで行う事業は、金にはならないが国民を守るために必要なことに注力すべきだ」

説き伏せられた文官が、リュシアンの案で実施計画を作ると約束して部屋を出て行く。

横で資料の整理を手伝っていたユベールは、胸元のブラウスをぎゅっとつかんだ。

（リュシアンはきっと素晴らしい国王になる……！）

ちらりと彼を盗み見ると、今度は別の文官と貧民街の医療団派遣について検討していた。

「雪解けの季節は伝染病も流行するからな……そもそも貧民街をなんとかしなければならないのだが、仕事をさせるにしても栄養状態の改善から――ああ、もどかしいな」

眉をひそめ真剣に悩んでいる横顔に、思わず見とれてしまう。いつもはその造形にうっとりしてしまいがちだが、今は全く違う。

国民のために頭を悩ませる崇高《すうこう》な彼が、まぶしかったのだ。彼が全力で公務に取り組むためにも、一刻も早く呪いを解いてあげなければと誓うのだった。

信じられないスピードで公務をさばいていくリュシアンに、ユベールがこっそりと耳打ちした。

「リュシアン、そろそろお時間です」

集中していたのか、はっと顔を上げてリュシアンが机から立ち上がる。ぐんと背伸びをして、補佐官たちに声をかけた。

「きょうの分はほぼ終えたので、俺は恋人との蜜月を楽しんでくるよ」

補佐官たちが「たった三時間で、こんなに進められたのですか……」と口をぽかんと開けている。

リュシアンは、愛のなせる技だ、と片目を閉じる。ユベールの腰に手を回し執務室を後にいた。ユベールもそれに合わせて恋人を演じる。

「お仕事お疲れ様でした、早く二人きりになりたいです」

「そうだな、一日が二十四時間では足りないな」

二人で仲睦まじく出て行く様子を見た補佐官が「俺も可愛い彼女欲し……」とつぶやい

ていた。

二人の寝室に戻ると、ぽん、と音を立ててリュシアンが三歳児の姿になった。

平民の服に着替え、二人でこっそり街に出かける。スミュール公爵の右腕と呼ばれる補佐官がよく出入りしている場所を探っていた。

手段はこうだ。リュシアンがその幼い姿を利用して、トコトコとどこへでも入っていく。そうして聞ける情報は何でも聞いて、大人に見つかった瞬間「にいちゃ〜ん」と嘘泣きをし、ユベールが探していた兄を装って回収する――というものだ。

それで分かったのはスミュール公爵の補佐官が、一時期魔法使いの組合《ギルド》に出入りしていたということだった。王都に魔法使いのギルドは一つだけ。二人でそこを訪ねた。

ユベールがカウンターでギルドに仕事を申し込むふりをする。

「あの……恋人を奪われて復讐したいんですけど、呪術師を紹介してもらえますか」

カウンタースタッフの女性が明るく「できますよぉ！」とリストを見せてくれる。

どれもコードネームのようだが、横に得意な呪いの種類が書かれていた。

「でも呪いの等級によってはお受けできないものもあるんですよぉ。殺しや相手をけがさせるのはアウトですぅ。略奪愛の復讐レベルなら、髪の毛が抜けるとかそのくらいでしょうから、うちでご紹介できますよぉ！」

ユベールはリストをぱらぱらとめくる。

「お兄さん、そんなに可愛いのに振られちゃったんですねぇ。なぐさめてあげたぁい」

カウンターのスタッフが投げキッスをしてくる。免疫《めんえき》がないので顔がつい熱くなってしまったが、足下にいるリュシアンに太ももをつねられた。

リストを見て、ユベールはふと気づく。呪術師の半数以上が女性なのだ。

「女性が多いんですね、呪術師って」

女性スタッフによると、最近急激に増えたのだという。

「女性に需用がある呪いが流行してて、勉強する人が増えたんですよ」

はやりの呪い、とは前向きなのか後ろ向きなのか分からない響きだ。

「へへ、私もちょっとお願いしたことあるんですけど『若返り』ってやつですぅ」

足下にいた小さなリュシアンと視線を合わせる。

(これだ！)

「やりすぎるとギルドの規定に違反するんで、数年分くらい若返りする呪いを掛けてもらうんですよ」

「すごいな、それが上手な人はどなたですか？」

女性スタッフは「きれいになって元恋人を見返す復讐、いいですねぇ」と言いながら、丁寧にメモに四人の名を書き出してくれた。

リュシアンがぴょこぴょこと跳んで何か言いたそうなので、抱っこしてカウンターから顔を出させると、女性スタッフがその愛らしさに歓声を上げる。

「かんわいい～！　お兄さん、子持ちだったの？　それで振られちゃったんですかぁ？」

「ひとちゅ、おちえてくれ」

リュシアンがきりりとした顔で、舌っ足らずに尋ねる。

「このよにんのなかで、はぶりのいいものはいるか？」

ギルドから出ると、ユベールは、なぜ羽振《はぶ》りの良い呪術師を探すのかとリュシアンに尋ねた。

何十年も若返るような呪いは、おそらくギルドの規定で禁止されている。それを高額で請け負ったのだろうから、今ごろいい生活しているはずだ――と。

結果として、羽振りのいい呪術師は分からなかったが、最近仕事をもらいに来ていない呪術師が一人いる、という情報を得られた。

『一人で小さなお子さん育てて、いつも生活大変そうだったのに急に来なくなったんですよねぇ。その方に会うなら、またギルドに顔出してって伝えてくださいねぇ』

女性スタッフの言葉を思い出す。

空が薄暗くなってきた。もうすぐリュシアンが大人の姿に戻れる時間だ。

大人の姿になってから呪術師の女性のもとへ行こう、とリュシアンに提案するが、リュシアンは首を横に振った。

「いや、ちょっとまて。きょうはやめておこう」

王宮に戻り、日暮れと同時にリュシアンが大人の姿に戻る。

突如、国王夫妻に晩餐《ばんさん》に招待される。今夜は誂えてもらった服が間に合った。藍色を基調とした上下にベージュのブラウスを着た。光沢のあるタイはリュシアンが手ずから結んでくれた。

「うん、似合うよ。ユベールは淡い色も似合うけれど、こんな風に他の色と混ざることのできない濃い色とも相性がいい。アッシュブロンドとアンバーの瞳が映えるね」

そうささやくリュシアンこそ、臙脂《えんじ》のジャケットが映える佇まいだった。

「リュシアンは何を着てもかっこいいです」

「ユベールに褒められるためにこの姿で生まれてきたからな」

「茶化さないでください」

「本心だって」

支度の手伝いをしている侍従や侍女たちが、自分たちのやりとりを見て頬を染める。本物の恋人同士に見られる演技にしては、やりすぎのような気もするが成功しているようだ。

そのやりとりは、国王夫妻、王子たちがそろった晩餐会でも続いた。

「ユベール、ゆっくり食べていいよ。口が小さいのだから」「こら、あまりベルナールを見るんじゃない、俺に嫉妬させたいのか？」

会話中もリュシアンが常にこちらを見ているのだ。

第四王子ロランが、ぽかんとした顔でこう漏らした。

「リュシアン兄上が別人みたいだ……」

第二王子のベルナールは「一種の熱病だな」と呆れ、第三王子のルイは不機嫌な顔で黙り込んでいる。

リュシアンとロランの母である王妃と、ベルナールとルイの母である第二王妃の関係はいいようで、きゃっきゃと仲良くおしゃべりに興じている。

（お母上同士は仲がいいのに、どうして兄弟仲が悪いんだろう）

ロランが真正面から疑問をぶつけてきた。

「ねえ、リュシアン兄上はユベールと結婚するの？」

リュシアンはそのつもりだ、と答えるが、第三王子のルイはユベールをにらみつけた。

「なぜよりにもよってそいつなんですか、平民で男だなんて」

リュシアンはカトラリーを置いて、ルイを諭した。

「ルイ、その血筋はお前が努力し、選ばれて手に入れたものではない。貴族でない家に生まれたものも同様だ。そういった生まれながらにして持つ人物の〝色〟をさげすむことを、『差別』と呼ぶんだ」

「でも、でも……兄上が王位を継承するためには、どう考えても足かせにしか――」

その発言に、ユベールは「おや」と思った。

(自身が王位継承を狙っているなら、兄の不利な結婚は喜ばしいことなのに)

ロランが横で「僕はユベール好きだぞ、かわいいもん」とこちらにウインクしてくれる。

こういうところは兄弟だな、とユベールはつくづく思う。

どちらにせよ、リュシアンの呪いが解ければ自分はお役御免《やくごめん》だ。ここでもめることが無駄なことくらいリュシアンだって分かっているだろうに、なぜか真っ向から反論するのだから不思議だ。

それどころか、自分が王位を継いだ後のプランまで提示してしまう。

「俺のあとはお前たち弟のうち、健康な誰かが継げばいい。俺の治世《ちせい》で安泰《あんたい》にしておいてやるから楽ができるぞ」

それはユベール以外とは結婚せず、子を成さないという意思表示でもあった。

みんなが困った顔をしているなか、ベルナールだけは笑っていた。

「余裕ですね、もう王位は自分のものだと思っていらっしゃる」

「お前たちが今のままでは、そうだろうな」

ダイニングがしん……と静まりかえり、ユベールはどうしたらいいか分からなくなる。

「なんで兄上たちは、けんかばっかりするんだ……こんな食事会、全然楽しくない！」

ロランがわっと泣き出してしまった。王妃が慰めても嗚咽《おえつ》が止まらない。ルイが追い打ちをかけるように「十歳にもなって情けない」と言うので、余計に火が付いてしまった。

国王がロランを下がらせようとしたので、ユベールは慌てた。

(何か気が紛れることをして見せれば)

そう思ったところで、あたりをふわふわと漂っていた風の精霊を見つけた。

「そうだ、ちょっと手品を披露させていただいても？」

国王の許可をもらい、ユベールは手のひらに風の精霊を乗せてハンカチをかぶせた。

精霊が見えない彼らからは、ただ手にハンカチを乗せたように見えているはずだ。

ルイは不機嫌に「平民の手品など」とこぼし、ベルナールに耳を引っ張られている。

「一、二、三！」

そう叫ぶと、風の精霊がふわふわとハンカチを運び、ロランの手元に落としてくれた。

ロランがぴたりと泣き止み、それどころか歓声を上げている。王妃たちも喜んでくれた。

「今の魔法かしら？　もしかして魔法使いだったの？」

ユベールはただの手品です、と返すがロランは大喜びだ。しかしルイは違った。ユベールをにらみつけて叱責《しっせき》したのだ。

「糸かなにかで操ってるんだろう。こんな三流の手品を王族の前で披露しようとは、とんだ思い上がりだな」

「も、申し訳ありません。僕のせいで雰囲気を悪くしてしまったので……だってせっかく家族がいるんだし仲良くできたほうがいいなって。家族を大事にして、元気なうちにたくさん思い出を作ったほうがいいです、絶対……」

師匠のカトリーヌを思い出し、じわ、と涙が出てくる。こんな場所で感情を高ぶらせてしまう自分が情けない。

それでもリュシアンに、自分のせいで家族の関係を悪化させてほしくないと思ったのだ。

「余計なことをしました、お詫びします」

そうしてふわふわとハンカチが手元に戻ってくる。風の精霊が頬を優しく撫でて慰めてくれた。

「すごかったよ！」

ロランが興奮している。国王や王妃たちも拍手をくれた。

リュシアンは肩を抱いて「気遣ってくれてありがとう」とささやく。ルイはベルナールに頭を殴られていて、ユベールの方が申し訳ない気持ちになった。

国王が咳払いして口を開く。

「家族の恥ずかしいところを見せてしまって申し訳ない、ユベール。私はリュシアンと君の関係に反対はしていないんだ。世継ぎのことだけが気がかりなだけで」

第二王子のベルナールが発言した。

「ご心配なく、世継ぎは私たちに任せてくだされば。まあ、王位もそのまま私に任せていただいてもかまいませんけれど？」

そう言ってリュシアンを視線で挑発するが、ユベールはなぜか喧嘩《けんか》を売っているようには聞こえなかった。

(ルイ殿下もそうだけど、第二王子もなんだか本当に王位を狙っているようには見えないんだよな……)

食事を終えて部屋に戻る際、ユベールはベルナールに呼び止められ謝罪を受けた。

「ルイが大変失礼な発言をしてしまいました。直系の兄としてお詫び申し上げます」

「殿下、頭を上げてください！　本当のことですから」

リュシアンが腕を組んでため息をついていた。

「ルイはあの直情的なところを直さないと、将来痛い目に遭うな」

「兄上のことになると余計に抑えが効かないようです。まあ私にしてみれば、王位の椅子を争う相手が少ないほど楽ですがね」

にやりと口の端を引き上げて、またリュシアンを煽る。そんなベルナールの回りでは、光の精霊が楽しそうに戯《たわむ》れていた。精霊たちは怒りや憎しみを抱いている人間には近寄らないはずなのに——。

ユベールは思わず口にしてしまった。

「あんまり……そうは思ってないですよね?」

ベルナールが一瞬瞠目《どうもく》して「と、言いますと?」にっこりと微笑み返す。さすが美形兄弟、圧《あつ》のこもった笑みは恐ろしささえある。

「僕の勘です、わざとあんな言い方をされているのかなって」

「はは、お気楽な方ですね。よほど平和にお暮らしになっていたと見られる」

そう嫌味を並べるが、光の精霊は離れていかない。悪意を放っていない証拠だ。何か思惑があって、リュシアンには気づかれたくないのかもしれない。

「申し訳ありません、僕の思い違いかもしれませんね」

部屋に戻りながら、リュシアンがユベールの手の甲をハンカチでごしごし拭いていた。

ベルナールが別れ際、挨拶がわりにキスをした場所だ。

「すまない、弟たちはあのようにいつも野心丸出しで。ユベールにあそこまで敵意を向けられるなら参加しなければよかった。今後はやめておこう」

またも、おや、とユベールは思った。リュシアン自身は、本当に弟たちに嫌われていると思っているようなのだ。思いがすれ違っている。

（でもこれは、僕が言っていいことじゃないよな。きっと兄弟で解決すべきことなんだ）

「それにしてもリュシアン、こんなに恋人にベタ惚れの演技をしてしまっては、呪いが解けた後が大変になりますよ。ほどほどにしないと……！」

リュシアンからは「これでも抑えてるほうだが？」と不思議な返答をされ、ユベールは首をかしげるばかりだった。


翌朝、幼子の姿のリュシアンと、件《くだん》の呪術師――シーナという女性らしい――のところへ向かった。

「王子の姿で行ったほうが、話を聞いてくれるんじゃないですか」

彼女の家を前にして、ユベールが尋ねる。

「このすがたが、しぇいかいだとおもうぞ」

リュシアンはそう答えて、扉を叩く。

中から出てきたのは、目の下にうっすらとくまを作った三十代くらいの女性だった。

「ギルドからお名前をうかがって来ました。ユベールと申します。お願いがありまして」

ユベールは穏やかに挨拶をするが、突然リュシアンが抱っこを求めてきた。抱えてあげると、呪術師のシーナにこう投げかけた。

「おれがだれだか、わかるか」

「……えっ」

シーナの目が泳ぐ。

「よくみろ、おれに、だれの、のろいがかかっているか」

何かに気づいたのか、シーナは突然扉を閉めようとした。ユベールたちを追い出そうとしたのだ。その瞬間、ユベールたちの背後から子どもの声がした。

「……ママ？　その人たちはお客さま？」

パンがいくつも入ったかごを抱え、少女がこちらを興味津々に見つめていた。リュシアンが呪術師シーナにこう告げた。

「おまえもひとのおやだろう、ひとまずおれのはなちをきけ」

家の中に入れてもらい、ユベールが身分を明かさずに説明した。

呪いで姿が幼くなってしまったこと、その呪いを解くために試行錯誤していること――。

シーナは視線を合わせないまま、こう返した。

「呪術師は呪いを解くことはできません。〝解呪条件付きの呪い〟でなければ――」

条件付きの呪いとは、砂糖を食べたら、雨に濡れたら――など特定の条件に当てはまったら呪いが解ける、というものだ。リュシアンの呪いはそれに当てはまらない。

「分かっています、呪いの仕組みさえ教えてくだされば」

「仕組みが分かってもできませんよ、できるとすれば、この国唯一の魔石錬成士様くらいだわ！」

それが自分であることは明かせないため、もどかしい。

リュシアンは食い下がった。

「かいじゅはじぶんたちでなんとかする、おまえはのろいのこうぞうだけ、おちえてくれればいいのだ」

シーナはうつむいて黙り込む。

ユベールはふと話題を変えてみた。

「最近ギルドで仕事をもらっていないそうですが、生活費はどうしているのですか」

シーナが黙っていると、お茶を出してくれた十歳くらいの娘が嬉しそうに教えてくれた。

「あのねえ、貴族のおじさまが大きな仕事をくれたんだよ！」

「リリアナ！」

シーナが娘を口止めしたときには、もう遅かった。ユベールがたたみかける。

「生活に困らないほどの報酬の依頼――ギルド経由ではありませんよね。正直に話してくださいませんか」

夫に先立たれたシーナは、生活に困っていた。得意とする若返りの呪いは単価がさほど高くないので、数多く受けなければ食いつなげない。しかし治安の悪い街で、娘を家に一人で留守番させる時間を増やすのも恐ろしかった。

そんなとき、ギルドで貴族の使いらしき男に声をかけられたという。

「希望通りの呪具を作ったら、この先十年は生活に困らないようにしてやる――と言われたんです」

依頼は、死なない程度の、しかし自由はきかない病で苦しむ呪いの道具を作ってほしいというものだった。一時的な脅しに使いたいとのことだった。

ギルドが定める基準を超えた内容のため断ったが、依頼内容を知ったからには受けるか殺されるかのどちらかだ、と今度は脅されてしまう。

「娘にも危害を加えると脅されて……最初からそのつもりでひとり親の私に狙いをつけていたのでしょう。でも納品直前で呪いの対象が娘と同じ年頃の子どもだと聞いて、呪いをすり替えたんです。私の得意とする――」

「わかがえりののろいだな？」

リュシアンの問いに、呪術師シーナはうなずいた。

「十歳と聞いていたので年齢が八から十分の一にすれば乳児になる。本人は苦しまずに、依頼人の脅しの材料にも使えると思って」

二十四歳のリュシアンが三歳くらいになったのことを考えると、嘘ではないようだ。

「呪いを解きたいということは、あなたは本当は二十代の青年……なのよね？」

「ああ、そうだ。たくまちい、びしぇいねんだぞ」

「十歳の狙われていた子はどうなったの……？」

「それはおれのおとうとだ、げんきでなまいきなじゅっさいじのままだ」

シーナはほっとした表情を見せ、リュシアンに頭を下げた。

「ごめんなさい、目先のお金に目がくらんでこんなことを……ギルドと憲兵《けんぺい》に知らせてきちんと裁《さば》きを受けるわ」

リュシアンは短い腕を組んで「うーん」とうなる。

「いや、それはちない。ははとこ、ふたりではじゅうぶんなしぇいかつができない、このくにがわるいのだ」

もう二度と基準を超えた呪術の仕事を引き受けないと約束した上で、呪いの術式をユベールに教えるよう頼んだ。シーナは涙ながらうなずいて、娘を抱きしめたのだった。


シーナから教わった呪いは、やはり日光と月光を利用したものだった。光に当たると細胞分裂を逆行させる……というのが若返りの仕組みらしい。

それらをわずかでも浴びていると、呪いが発動し続け、幼い姿を維持してしまう。城に戻り、教わった術式のメモを見ながら、魔石で大人の姿に戻ったリュシアンにユベールは尋ねた。

「頼んだ人間の手がかりは聞かなくてよかったんですか」

「依頼主を売ったとなれば、彼女たちが危ないからな」

リュシアンは身支度を調えると、執務室に移動した。

ユベールが補佐官の机を借りて術式を検証している間、宰相や神官を呼んで何やら話し合っていた。

「そんな政策、聞いたことありません殿下」

宰相が声を荒らげるが、神官は嬉しそうにリュシアンの意見に賛同していた。

その政策の内容は、両親が揃っていない子育て中の家庭に生活支援を行う――というものだった。配偶者《はいぐうしゃ》の死亡届を中央機関に提出したら、生活支援受給証を渡す。それを提示すれば各地の神殿を拠点に衣食住の支援と、緊急時の生活費融資《ゆうし》が受けられるというものだ。

「融資なら金貸しがいるではありませんか」

宰相の反論にリュシアンが切り返す。

「もうけてはならないと定められている神殿だからこそ無利子の融資ができる。返済も子の成人後まで猶予を与えることにしようか」

援助や融資目当てで人が働かなくなる懸念を、宰相は反対の理由にしたが、リュシアンは受け入れなかった。

「国民はお前が言うほど愚かではない。一部そういう人間が出たとしても、多くの人間が犯罪に手を染めたり人買いの標的になったりするよりいいと思わないか？　この提案がまとまれば国王と貴族院に提案しよう」

そのやりとりを横で聞きながら、ユベールは呪術師シーナとその娘を思い浮かべた。彼女だけが特殊な事例ではないと、リュシアンは分かってくれたのだ。

宰相とやりあっているリュシアンの姿がまぶしい。剣術が強いとか、容姿がいいとか、色気があるとか、そういうまぶしさではなく、国民を思い、国民のためになることをすぐに実行に移せる、為政者としての彼が最も輝いて見える。

(最初はかっこいい人だ、きれいな人だ、とばかり思っていたし、本人もそれを鼻に掛けたような態度を取るけれど、本当は人として尊敬できる方なんだ……)

心臓がぎゅっと絞られる。切ないような悲しいような、不思議な気持ちがじわじわと広がっていく。

「リュシアン……」

そう名を呼ぶだけで、なぜかどきどきしてしまう。

ぽつりとつぶやいただけなのに、気づいてくれたリュシアンと視線が合う。彼が目を細めて「どうした」と聞いてくれただけで、自分が特別な人間になった気がする。

「なんでもないです」

慌てて謝罪し、術式の読み解きに戻るが、視線はまた彼の方へと吸い寄せられる。

この感情の正体を知らないが、書物で得た知識から仮説を立てることはできた。

(好きなんだ、リュシアンが)

そう認めてしまうと、なぜかじわりと涙が出た。好きだと認めた瞬間、諦めなければならない恋だから。

(絶対に好きになってはいけない人を、好きになっちゃったんだ)

こんなに魅力的なのだから仕方がない。貴族の令嬢はみんな彼に恋をする、と王妃が言っていたのを思い出す。

(一緒に冬を越して、恋人のふりまでしちゃった僕に、惚れるなっていうほうが無理な話なんだ)

ぐいと袖で目元を拭い、また術式の解析に戻った。

今自分が彼のためにできることは、あの呪いを解くことなのだから――。

6

数日で術式の解析が終わり、解呪のための魔石の考案が始まった。

呪いを解くには、細胞分裂の逆行を防ぐ効果のある魔石が必要になる。その効果を引き出す要素として、光と同様に、常に何かに晒されるような精霊に力を借りるのがいいだろう、とユベールははじき出した。

光よりも晒されるもの、といえば空気だが、風の精霊はいても空気の精霊は存在しない。

そこでユベールは空気に含まれる成分に着目した。

「湿度……水だ！」

水の精霊が最も人間に親しみやすく、魔石錬成士の修行でも初歩でコンタクトが取れる精霊だ。それほど多く存在しているとも言える。

「水の精霊の力を借りるなら解呪できるんじゃないかな」

紙に計算式を綴り、魔石の構成を考案していく。

「大気中と体内の水分を利用して細胞分裂の逆行を相殺するような術式ができれば……」

机上だけではどうにもならないので、簡単な魔石を作って実験をしていく。手のひらに水の精霊から集めた力で極小の魔石を錬成し、呪術師シーナにもらった簡単な若返りの呪具で生花に若返りの呪いをかけ、実際に解呪できるのか、細かく検証していく。

リュシアンには「あまり王宮内で魔石錬成士だとばれるようなことはするな」と言われているが、一日も早く彼を自由にしてやりたかった。呪いから解き放ち、第一王子として、そして未来の国王として、全力を尽くせるようにしてあげたかった。

(僕が彼のためにできることは、これだけだ)

魔石の錬成量は、錬成士の熟練度や体力によって差があるが、限界値を超えると目眩が起き、最悪気絶してしまうことがある。そうならないよう、自身で錬成可能な量を知っておく必要があるが、ユベールは今回を緊急事態だとみなし、目眩が出るまではやろうと決めていた。

無理をして心配させたくないので、リュシアンが元の姿でいられる夜間は「難しい術式で集中したいので一人にしてほしい」と別室を用意してもらった。

「無茶をしたり危険な実験をしたりはしないよな？」

そう念を押されて、後ろめたさを感じつつも実験を続けた。

いくつかの小さな魔石を錬成していると、ドアが控えめにノックされる。客室付きの侍女だった。

「リュシアン殿下のご指示で、お茶と軽食をお持ちしました」

ユベールは机の上にあるものをスカーフで隠し返事をする。

侍女はワゴンを部屋に運び込み、お茶を淹れてくれた。

「心が落ち着く作用のカモミールティーでございます」

ユベールはそれをすすって、くすぐったい気持ちになっていた。リュシアンらしからぬ気遣いに笑みがこぼれる。

ふと眠気が襲ってくる。体がソファに倒れそうになったところを、侍女が支えてくれた。

「仮眠されますか？　では毛布をおかけして、私はおいとましますね」

ユベールは礼を告げてまぶたを閉じた。どうしても眠たくて、これ以上身体を動かすことできなくなっていた。

（おかしいな……きょうはそこまで疲れてないはずなのに……）

目を覚ましたときにはすでに朝だった。

ソファーでぐっすり眠ってしまったユベールを、幼い姿のリュシアンが、ふっくらほっぺをさらに膨らませてにらんでいた。

「あしゃまでへやにかえってこないとは、なんてふりょうのこいびとだ」

三歳児に言われると、なぜかおかしくてくすくすと笑ってしまった。額を短い指でピンとはじかれる。

「めがさめておまえがいないと、しゃみちいじゃないか」

ぶーっと口をとがらせて、愛らしいことを言ってくれる。ユベールは思わず幼いリュシアンを抱きしめた。

「あっ、またかってにだっこちてる！」

リュシアンがじたばたと抵抗してもびくともしない。それをいいことに「ふくれたほっぺも可愛い～！」と頰に何度もキスをするのだった。

「おぼえてろ、おれはきすのかいすう、かぞえてるんだからなあ！」

可愛いのキス、のお返しが待っていることを思いだしたユベールは、夜になってきっちりその回数分、大人の姿に戻ったリュシアンにお返しをもらうのだった。しかも二人きりのときだけでなく、侍従や侍女が見ている前でも。

「恋人同士なのだから、別にいいだろう？」

抗議すると、したり顔で返される。食後のティータイムの時間に膝の上に座らされて、〝可愛いのキス〟のお返しが頰や額に降ってくるのだった。

それを見ていた第四王子のロランが「自分も」とユベールにキスをしようとすると、リュシアンは笑顔でロランを引き剥がす。

「俺のだからダメ。ロランは自分で自分の恋人を探すといい」

ロランが「兄上はなんでもぼくに譲ってくれてたのに」と涙目になると、こう説いた。

「譲れるものは全部譲るさ。ユベールだけは譲れないんだ」

それを横で聞いたユベールは、演技だと分かっていながら喜んでしまう。一方で、演技だと思えばこそじくじくと痛む部分があった。

実験の甲斐あって、そこから七日、リュシアンの呪いを解く魔石の錬成が順調に進んでいた。水に触れている間は、呪いと拮抗する程度の細胞分裂の促進が行われる――という魔石だ。発動時の条件で難しいのは、触れている水分の量に左右されないこと、触れていない時間も体内の水分を利用して一時的に補完できること――だ。

だが呪術師シーナの術式が整理されたものだったからこそ、必要な効果の算出が簡単にできたのだ。彼女は想像以上に腕の立つ、そして研究者肌の呪術師なのだろう。だったらなおさら倫理にもとる依頼を受けることなく、まっとうに実力で名を上げてほしいものだ。

魔石の最後の仕上げに入った。水の精霊の力を込め、朝になれば完成だ。

完成した魔石を手にしたリュシアンは、どんな顔をするだろうか。

喜んでくれるだろうか、にやりと笑うかもしれないな……などと思い浮かべつつ、ふと寂しさがよぎる。

「これで、リュシアン……いや殿下ともお別れだ」

彼の抱えている問題が解決するということは、自分はもう用無しになるのだ。また山に戻り、一人で暮らす日々に戻る。

（なんてことはない、日常にもどるだけだ）

自分にそう言い聞かせて、完成した魔石にスカーフをかぶせた。

リュシアンのいる部屋にユベールは戻ると、彼もまだ書類に目を通していた。

「恋人の寝室に入ってくるわりには、辛気くさい顔だな」

「二人のときは、恋人ごっこは必要ないでしょう」

胸がちくちくと痛むのを感じながらユベールが返事をすると、手首をつかまれて引き寄せられた。

「必要あるさ、俺がしたいのだから」

「リュシアン！」

リュシアンが書類を放置して、ユベールをベッドに押し倒す。

「ユベールは嫌なのか？」

「嫌です」

ユベールは、彼と目を合わせないように身体を転がしてうつぶせになる。

正確には『恋人のふりが嫌』なのだ。リュシアンに心から好かれ、自分も彼に素直な気持ちを打ち明けて、キスをしたり抱き合ったりしたい。

しかしこの国の頂《いただき》に立つ人物に、ただの平民である自分が告げていいはずもない。だから結論だけ、嫌だ、と伝えた――つもりだった。

「嘘だな」

リュシアンは、ユベールが背を向けたのをいいことに、うなじにキスをした。〝可愛いのキス〟へのお返しのような、わざとらしい音を立てたそれではなく、唇で肌を撫でるような、しっとりとしたキス。全身に甘い毒が回ったのかと思うほど余波は大きかった。

（こんなキス知らない）

うなじを手で覆って振り返る。彼はなぜか快楽に酔いしれたかのような笑みを浮かべていた。

「嫌じゃないよな、だったらそのペンダントが俺を罰してるはずだ」

言い当てられて、枕に顔を埋める。彼に何をされても師匠のペンダントが彼を痛めつけることはない。

（だって好きだから）

ペンダントがそれを証明してしまうのが悔しい。

「なあユベール、顔を見せて。キスさせて？」

長い指がユベールの耳をくすぐる。

「いつもしてるじゃないですか……っ」

違うよ、とリュシアンはユベールの身体を仰向けに転がす。

「〝可愛いのキス〟じゃない、唇にキスしてもいいかと聞いたんだ」

「リュシアン……ど、どうして」

「言わせるのか？　意地悪だな。まさか本当に、可愛いのキスの仕返しのつもりで、毎晩お前にキスをしていたとでも思って――」

（どういうことだ……？）

びっくりしているであろう自分の顔を見て、リュシアンがため息をついた。

「思ってたんだな……全く通じていなかったということか……」

あのな、とリュシアンが口を開いたのと同時に扉がノックされる。国王の緊急の呼び出しだった。宝物庫から古い魔石がいくつか盗まれたという。

「古い魔石……戦闘用か」

リュシアンの表情が曇る。平和利用に限るという決まりができる前に作られた物だろう。発動させるのに鍵言も必要ない。そんな物が世に出たら下手すると死人が出てしまう。

「行ってください、僕、起きて待ってますから」

「ああ、大事な話があるんだ。あとでゆっくり、な」

こめかみにキスをもらう。

リュシアンが国王のもとに向かい、入れ替わりに彼の従者がお茶を出してくれた。

「カモミールティーだ……そういえば先日もカモミールティーをリュシ……殿下が差し入れてくださったんですよ。とってもよく眠れて……朝まで一度も目が覚めませんでした」

「そうでしたか、お味はいかがですか？」

「おいしいです、前回飲んだときより香りがシンプルですね、こちらも好きです」

侍従が退室して一人になると、ユベールは寝間着に着替えようとクローゼットを開いた。

その瞬間、ふわりと甘い香りが漂う。

振り向くと、客室付きの侍女が金色の香炉《こうろ》を持って立っていた。香炉からはゆらゆらと白い煙が立ち上る。

「わ、びっくりした。なぜ香炉を？」

侍女はユベールの前に香炉を差し出し「おやすみなさいませ」とささやいた。

何を言っているのか、と問う間もなくユベールは膝から崩れ落ち、意識を手放してしまうのだった。


目覚めたときには、ベッドの中だった。見慣れない天井が視界に飛び込んでくる。

こめかみがズキズキと痛む。あのお香は眠らせる作用があったのだろうか。先ほどまでいたリュシアンの私室ではなく、上品ではあるが見慣れない部屋にいた。王宮ではなさそうだ。

窓から陽光が差し込んでいた。気を失ってから半日は過ぎたようだ。手を握ったり開いたりして、自分の身体がきちんと動くか確認する。

「目が覚めたかね」

その声に驚いてベッドから身体を起こすと、部屋中央のソファでシガーを燻らせる亜麻色の髪の貴族がいた。

「……スミュール公爵」

なんとか落ち着いた声を出せたが、内心は心臓が飛び出そうだった。

「手荒なことをしてすまない、どうしても二人になりたくてね……魔石錬成士殿」

シガーを置いて、こちらに歩み寄ってくる。

「僕が魔石錬成士だと最初から？」

「山小屋で会ったときには顔を見られなかったからね。可能性はあると思って、念のために部下を使って探らせたんだよ……これ」

スミュール公爵は極小の水晶――おそらくユベールが実験的に作っていた魔石――を手のひらに載せた。

「もう一つ、第一王子の部屋からはこんなお宝も持ってきてくれたんだ」

取り出したのは、こぶし大の水晶だ。リュシアンのために錬成した、三時間ほど大人の姿に戻れる魔石だった。

（これも盗まれていたのか……！）

部下、と表現しているが、つまりはスパイだ。自分が気を失った際に、香炉を手にしていた侍女の顔が浮かぶ。

（そういえば、彼女が淹れたカモミールティーを飲んだあと眠くなって――）

実験で錬成した極小の魔石は、その際に盗まれたのだろう。自分の脇の甘さが嫌になる。

「魔石錬成士をリュシアンが王子妃候補として連れてくるということは、やはりリュシアンは病に冒されているんだろう？　公の場では平気なふりをしているが……」

その一言で、全てがつながる。

『死なない程度の、しかし自由はきかない病で苦しむ呪いの道具を作ってほしい』と依頼された、という呪術師シーナの証言を思い出す。それをシーナ以外で知っているのは、突き止めた自分とリュシアン、そして呪いの依頼人だけだ。

しかしここで若返りの呪いにすり替えられたことを打ち明けては、シーナたち母子が何をされるか分からない。ユベールは話を合わせることにした。

「そうです、定期的に起きる発作で苦しんで、それが呪術だと判明して僕のところに解呪の魔石を依頼しにいらっしゃったんです」

「そうしているうちに恋仲になった、と――」

スミュール公爵がにやついて、値踏みするような視線をこちらに向ける。

「確かに可愛いが……生娘のような顔をして、ずいぶんと王子を骨抜きにしたものだな」

「いえ……それは誤解で――」

「ごまかしても無駄だ。どれほどの美女、ときには美男が誘惑しても、眉一つ動かさずに利用だけしていたようなリュシアンが、熱病に冒されたように君だけ見ていたからな」

呪いで人格が変わったのかと思ったほどだ、と肩をすくめた。

自分が気を失う直前に交わした、リュシアンのやりとりを思い起こす。

『なあユベール、顔を見せて。キスしていい？』

『言わせるのか？　意地悪だな』

そんなはずはない、相手は第一王子だし、自分は平民だし、男同士だし――。キスだって、自分が幼いリュシアンにした仕返しを――。

『まさか本当に、可愛いのキスの仕返しのつもりで、毎晩お前にキスをしていたとでも思って――』

（もしかして……違うのか？）

熱くなる両頬を思わず手で覆う。

スミュール公爵がくっくっと笑ってこちらに手を伸ばした。

「魔石錬成士で第一王子の思い人……君には利用価値がある」

指先が顎に触れた瞬間、バチバチッと音がして公爵がうめき声を上げる。師匠の魔石が反応したのだ。

「くっ……護身用の魔石だな……！」

公爵は部下を部屋に呼び、ユベールの身体に触れないように縄で拘束した。床に転がされ、魔石のペンダントをナイフで切られてしまう。

「呪いで病に冒されたリュシアンとともに、おとなしくしていればいいものを」

忌ま忌ましいものを見るようににらまれる。

両手を拘束されてベッドに押し倒されたユベールは、公爵を問いただした。

「大体、どうして魔石取り引きをしたいだなんて言い出したんですか。王家としかできないと決まっているのに。リュシアンに呪いをかけたのも、あなたなんですね！　国王陛下の弟であるあなたがなぜ――」

「お前の恋人……リュシアンたちも兄弟仲が悪いだろう？　私だって王位継承権を争って兄上や弟たちと切磋琢磨していた。しかし父は最も優秀な私を選ばず、温厚だけが取り柄の兄上を後継に選んだ」

公爵の額に血管が浮かび上がる。

「兄が即位してしまえば、その子どもたちに継承権は移り、私はただの貴族。おもしろくないだろう？　〝万が一〟が起きないよう貴族が保有する騎士数は制限されていたが、王子に呪いをかけて王家が混乱している隙に、戦闘に使える魔石を水面下で増産すれば人数は少なくても莫大な戦力を手にできる」

狙いは警護の手薄な第四王子だったが、一番のやり手である第一王子のリュシアンが呪われてくれたのは幸運だったな――と公爵は面白そうに笑って肩をふるわせる。

万が一、少人数でも莫大な戦力……その言葉に導き出される、彼の狙いは――。

「まさか、王家に反旗《はんき》を……」

スミュール公爵は肯定する代わりに白い歯を見せた。

「今日から働いてもらうよ、ユベール。私が王に即位すれば『王家としか取り引きしない』という掟は破ったことにならないだろう？　拒否した場合は君の大事なリュシアンは、今度こそ本当に呪い殺されることになる」

なんて卑怯《ひきよう》で、卑劣《ひれつ》なやつだ――とユベールは怒りに震え、拳を強く握りしめた。爪が手のひらに食い込むほどに。

「そう怒るな。夜だってリュシアンの代わりに、私が可愛がってやろう。あんな若造なんかよりいい思いをさせてあげられるよ」

スミュール公爵は指でユベールの腰をするりとなぞる。

ぞわぞわとせり上がる嫌悪感に、身体が震えた。

無理やり膝に座らされたリュシアンのぬくもりや、うなじへのキスは、嫌悪どころか心地よくて恐ろしかったというのに――。

「あのリュシアンをたらし込んだのだ、ぜひお手並みを拝見したいね」

スミュール公爵はユベールを抱えて起こし、ベッドのふちに座らせた。その横に彼もぴったりと腰掛ける。

「い、嫌です」

ユベールは、震える声ではっきりと告げた。

「君が拒否する権利はないよ、ユベール。とらわれの身だということは分かってる？」

「分かっています。でも嫌です。魔石を作るのも、あなたに触れられるのも、断固拒否します」

「……なあユベール、悪い話じゃないだろう？　報酬だって払うし、君のために屋敷を建ててやってもいい。私が王に即位すれば側室か公爵にして欲しい物は全て与えよう」

「あなたは僕に、欲しい物を与えられません」

どういう意味だ、と穏やかに尋ねているつもりだが、スミュール公爵のこめかみが小刻みに動いていた。

「僕が望むのは、国民のために労《ろう》を厭《いと》わないリュシアンによる、この国の繁栄です。卑怯で狡猾《こうかつ》な、あなたの手によるものではないし、あなたでは成し得ない！」

その瞬間、頬への激しい痛みとともに視界が真っ白になる。彼にたたかれたのだ。公爵は、ベッドに倒れ込んだユベールの髪をつかんで、さらに二度、頬をたたいた。

「謝るなら今のうちだよ、ユベール」

「……謝りません」

「牢《ろう》でお仕置きされて泣きながら謝っても、私は許さないかもしれないよ」

「泣くかもしれませんが謝りません……！」

「それに私のクーデターが防げても、二十年後には同じことが起きるさ。リュシアンの弟王子たちを見ただろう？　彼らだって憎《にく》しみに駆られて、きっと将来は私のように――」

「そんなはずはありません。ロラン殿下はもちろん、ベルナール殿下もルイ殿下も、どう見たってリュシアンが大好きじゃありませんか。もちろん僕だってそうです。リュシアンの足を引っ張る人なんて誰もいません！」

その瞬間だった。壁の崩れるような音とともに、人の争う声や馬の鳴き声がする。屋敷の至る場所でガラスが割れる音も。

スミュール公爵に両腕を拘束した縄を引かれ、エントランスホールに連行される。

そこには王宮の騎士団がなだれ込み、公爵の騎士団と戦闘していた。

その中心には――。

「だいいちしょうたいは、ひがちかん。だいにしょうたいは、にちかんをそうさくちろ。ちゅうおうとうは、るいたちにまかしぇる。たのんだぞ！」

第二王子ベルナールに抱っこされて、王宮騎士団や第三王子ルイたちに指示を出しているのは、幼い姿のリュシアンだった。

「えええっ、りゅ、リュシアン！　どうしてその姿で……！」

思わず上げた声にリュシアンが気づく。ひた隠しにしていた、呪われた姿で堂々指揮を執《と》っているのだ。何が起こったのか分からない。

「ゆべーる！　けがはないか！」

幼いリュシアンのはずなのに、その姿はとても凛々しくて頼もしかった。

＋＋＋＋

ユベールが失踪したと判明したのは、魔石窃盗の対応について国王との話し合いを終えてすぐのことだった。

第二王子のベルナールに声をかけられ立ち話をしようとした際、リュシアンの侍従がユベールの様子を報告しに来たのだ。

「ユベールさまにお茶を淹れて参りました。以前殿下に差し入れてもらったカモミールティーがよく眠れたとのことなので、今後多めに仕入れようと思います」

リュシアンは背中に嫌な汗が一筋流れるのを感じた。

「……俺は差し入れなどしていない」

そういえば一晩だけ、作業部屋で眠ってしまい朝まで寝室に帰ってこなかった日があった。もしあれが、安眠効果のある茶のせいでなく、睡眠薬を盛った茶だったら——。

嫌な予感がしてリュシアンが部屋に戻った時には、もうユベールの姿はなかった。

王宮内を夜通しくまなく探したが見つからなかった。

しかも部屋からは、一時的に大人に戻れる魔石も盗まれていた。これでは昼間の捜索で自由に動けない。

窓の外を見ると、空が白んでいた。夜明けが近い。

国王夫妻や第三王子のルイまで起こして、騎士団の招集を願い出た。

騎士団招集はやりすぎではないか、と国王の懸念に第三王子のルイが同調する。

「平民ですからたくましくどこかで野宿でもして戻ってきますよ。もともと山暮らしだったのでしょう？　なんで辺鄙《へんぴ》なところで一人暮らししてたかは知りませんが」

リュシアンは、ぎゅっと拳を握って打ち明けた。

「一人で暮らしているのには理由がある……彼がこの国で唯一の特殊技能者だからだ」

「特殊技能？」

夜明けを迎え、朝日が差し込み始めた。

リュシアンは覚悟を決めた。必死で隠し通してきたことだが、ユベールを失ってまで守りたいものなどない。

「俺の姿を見ていてください」

ステンドグラスから差し込む朝日を浴びた瞬間、リュシアンは、ぽん、と音を立てて幼児の姿になった。

「なっ……！」

王族、側近たちが言葉を失っている。

幼い姿になったリュシアンはぶかぶかの服の袖を振り上げた。

「こののろいをとくために、おれはゆべーるのところへいったのです。かれが、このくにでたったひとりの、ましぇきれんしぇーしだから」

ルイが悲鳴に近い声を上げた。

「魔石……錬成士様……！」

リュシアンは、これまでの経緯を説明した。

第四王子のロラン宛てに届いた呪具に触れたとたん、幼子になってしまったこと。なんとか魔石錬成士のもとを訪ねて、一時的に元に戻れる魔石を錬成してもらったが、根本の解呪にはいたっていないこと。さらに一時的に戻れる魔石も盗まれた痕跡があること。

そして、それらは国王の弟であるスミュール公爵の仕業である可能性が高いこと――。

「おれがゆべーるをたずねるちょくぜん、おじうえがましぇきとりひきをちたいと、かれをたずねていたんです」

舌足らずながらも真剣に話すリュシアンを、なぜかじっと第二王子のベルナールがにらんでいる。

「……なんだ？　ここでおまえとけんかするちゅもりはないぞ」

「分かっています、兄上」

ベルナールは真顔で身体をかがめ、流麗な動作でリュシアンを抱きかかえた。お尻に手を添えて、落ちないようにしっかりと。

「だ、だっこ！　だっこはいやだ」

「お気になさらず、みなと視線を合わせてお話しされた方がいいでしょうから」

「やめろ、はずかちいではないか！」

後ろでなぜか第三王子のルイも瞳をうるうるとさせている。

「ベルナール兄上、順番ですよ、僕にも抱っこさせてくださいねっ、ねっ？」

顔を近づけてくるルイを、「許可できない、早い者勝ちだ」とベルナールは片手で引き離す。そうして厳しい表情で側近に命じた。

「何をしている、兄上に合う可愛らしい服を持ってこないか！」

そんなやりとりをしているうちに、騎士団が招集される。

国王がうろたえてリュシアンに問う。

「どうして呪いを受けたときに相談してくれなかったのだ」

内政の混乱を懸念した、と打ち明ける。同時に自分を抱っこしていたベルナールが、大きなため息をついた。

「私のせいですね。本当は王位継承者は兄上がふさわしいと思っていたのです。しかしこう……兄上に認められたかったと言いますか……その即位した兄上の右腕になるには、今私が役に立つところを見せたかったのです……」

申し訳ない、と神妙に謝りながら、なぜかリュシアンの頭をなでなでしてくる。

「素直になれなかったのです。でも今の愛らしい兄上にならら言えてしまうので不思議ですね」

「なでなでしながら、あやまるなよ」

ルイも「僕は最初から兄上が国王になってほしいと思ってました」と吐露《とろ》する。

「優秀で野心家の弟たちと争ったが誰もかなわなかった、と演出したほうがきっと貴族の支持も集まるかと思って――」

反対側から、リュシアンの頬をもちもちしながら謝罪を口にする。

第二、第三王子の母である第二王妃が、申し訳なさそうに口を開いた。

「ごめんなさいね……この子たち『自分の方が兄上と口をきいた』とか『見つめ合った』とか、そんなことで争うくらいリュシアンさまのことが好きなの。少しでも自分の方を見てもらいたくて、でも恥ずかしくて、どんどん嫌味が増えていって……」

今度はリュシアンのほうが呆然としてしまった。

兄弟仲が悪くなるのは、王家では仕方の無いことだと諦めていたはずなのに。弟王子たちの敵意だと思っていたモノは、自分を支えたいという思いの裏返しだったのだ。

「じゃ……じゃあ、おれはなんと、とおまわりを……」

そう言いかけて「ちがうな」と首を横に振った。

「そのおかげで、ゆベーるとであえたのだ」

リュシアンは側近たちに子ども服に着替えさせてもらい、再度ベルナールに抱っこされる。リュシアンは弟の肩に手を置いて、もう片方の手で目的地の方角を指さした。

「めざすは、すみゅーるこうしゃくてい。もくてきは、おれのこんやくしゃのきゅうしゅつ、ならびに、おうけにあだなすもののこうそくだ！」

＋＋＋＋＋＋

公爵邸に幼いリュシアンが騎士団を引き連れてやってきたことで、ユベールは事態が収束すると安堵した。と思いきや、喉にひやりとした金属の感触があった。スミュール公爵に短剣を突きつけられたのだ。

「動くな、一人でも動いたら彼を殺す」

リュシアンの「ぜんいん、うごくな」という舌足らずの指示で、騎士たちが足を止める。

「なんだ、あの子どもは……まるで幼いころの第一王子――」

「おじうえ！　こうしゃくていはほういちた、ていこうちてもむだだ！」

叔父上、と呼ばれてスミュール公爵は混乱しているようだった。

リュシアンは「あっ」と口元に手を当てた。

「おさなくなったが、おれは、りゅしあんだ！」

スミュール公爵はこめかみに血管を浮かべて「あの女……」と唸っている。呪術師シーナが呪いをすり替えたことに、ようやく気づいたのだろう。

ふっと表情を緩め「では一旦引くかな」とつぶやいて、胸元から親指の先ほどの魔石を出した。

ユベールは気配で分かった、火の精霊の力が込められている。

「みんな逃げて！」

声を上げた直後、スミュール公爵が発動させた魔石の爆発が、屋敷の裏手に大きな穴を開けた。大規模な爆発だった。今では絶対に作らない物だ。

昨夜、王宮から戦闘用の古い魔石が盗まれたと騒がれていたが、犯人はもしや――。

「戦闘での魔石利用は厳しく禁止されているのに、あなたという人は、もうすでに宝物庫から盗んでいたのですね……！」

公爵はふん、と鼻で笑った。

ユベールの軽蔑の言葉も、公爵にはまったく響かない。引っ張られて手首の縄がきつく締め付けられ、肌に食い込んでいく。

周囲にいた精霊たちが集まってきておろおろとしていた。ユベールは風の精霊に古代語でささやいた。

『僕の机に解呪の魔石があるんだ、リュシアンに渡して。鍵言《けんごん》は――』

この騒ぎで自分がどうなろうと、彼の解呪だけはやりとげたかった。

庭園に追い詰められた公爵は「追ってきたらユベールを刺す」と庭師の小屋に、数人の騎士とともに籠った。ユベールは短剣を突きつけられて脅されていた。

「さあ、ここから脱出する魔石を錬成しろっ」

転移の魔石を言っているのだろうが、ユベールは首を横に振った。

「作りません、陰謀《いんぼう》に利用される魔石など絶対に」

騎士の一人に、頭を押さえつけられた。床の砂利で額が傷む。

「爪でも剥がして立場を分からせますか?」

背中がぞっとした。それでも、ユベールは叫んだ。

「爪が剥がされても、腕を切り落とされても、僕はあなたたちの悪巧《わるだく》みのために魔石は錬成しません!」

公爵の騎士が舌打ちをして、ユベールに拳を振り上げた。

そのとき、外からスミュール公爵を呼ぶ声が響いた。

小屋の窓から覗くと、ベルナール第二王子に抱っこされたリュシアンが、こちらに向かって叫んでいた。

「おまえのおうぞくにきがいをくわえたようぎには、しょうにんがいる。おとなちくとうこうちろ！」

ベルナールの横には、呪術師シーナの姿があった。

「くっ……あの女……！」

公爵は窓から顔を出して、王宮の騎士たちに呼びかけた。

「みなの者！　おかしいと思わないのか！　そんな子どもが、本当にリュシアンだとでも？　隠し子にだまされているのだ！」

抱っこされているリュシアンを、騎士たちがちらりと見る。動揺は隠せないようだ。たしかに三歳児が現れて第一王子だ、と言われて動揺しただろう。

するとベルナールが声を張り上げた。

「私が保障しよう。いま私が抱っこしている愛らしい――コホン、凛々しい子どもは兄上――リュシアン第一王子だ。叔父上の謀略《ぼうりゃく》により、幼子になる呪いをかけられたのだ」

その発言とは裏腹に、ベルナールはリュシアンをぐりぐりとなで回している。

「なでなでするなっ」

頬をぷっくりと膨らませて怒るリュシアンだったが、風の精霊が話しかけているのに気づいたようだ。彼には精霊の姿は見えないだろうが、精霊が望めば声を届けることはできるのだ。リュシアンは風の精霊から何かを手渡され、ユベールに視線を向けた。

「それもきょうまでら。ゆベーるが、おれののろいをとくましぇきを、ちゅくってくれたからな」

リュシアンは大きな水晶を両手に載せる。風の精霊に耳打ちされたのは、きっと魔石発動の合い言葉、鍵言だろう。瞠目して、こちらに不敵な笑みを見せた。

リュシアンは目を閉じる。小さな身体に大きく息を吸い込んで、鍵言を放った。

『われ、おうとなるべきもの。くにをすべるべく、のろいからときはなて――！』

リュシアンの身体からまばゆい光が放たれる。

(成功してくれ)

ユベールはぎゅっと目を閉じて祈った。

次に姿を見せた時には、全裸で仁王立ちしている、あちこち立派な大人のリュシアンだった。破れた子ども服が足下に散らばっている。

リュシアンは自分の身体をぺたぺたと触り、うなずいた。

「よし、戻った！　呪いの気配が消えたな」

リュシアンの言い分を信じていた騎士たちも、愛らしい三歳児からたくましい美青年に変化した彼の様子を見て呆然としている。リュシアンをそれまで抱っこしていたベルナールだけは、なぜかしょんぼりしているように見えた。

風、闇、水の精霊たちも祝福するように、まわりを飛び回っている。

ベルナールに服を着るように注意され、リュシアンはそばにいた騎士から服を剥いて颯爽と身につけた。剣まで取り上げ、その切っ先を公爵に向けた。

「さあ、あとは叔父上の拘束だけだ。俺を呪ったこと、そして国内唯一の魔石錬成士に取り引きを持ちかけ、山小屋に刺客まで放ったこと――調べさせてもらいますよ」

すると、スミュール公爵は突如とぼけ始めた。

「呪い？　魔石取り引き？　刺客？　なんのことだ？　私はこのユベールという青年に惚れたから連れてきたのだ。罪に問えるのはそれだけだ。そんな平民の呪術師一人の証言で、私の関与を疑っているわけではないだろうな？」

第三王子のルイが「調べれば分かることだ」と激高するが、罪状が確かでない限り貴族は裁けないのだ、と公爵は言い張る。

『証言する人の子が複数いればいいのかな？』

そんな声と同時に、突然雪解けを迎えたとは思えない、冷たい風が吹いた。

視界に白いものがちらりちらりと振ってくる。

「……雪だ、こんな季節に」

騎士の誰かがぽつりとつぶやく。そう言っているうちに、雪はしんしんと降り積もり、庭園をうっすら白く染めていく。

『本当はもう休眠する時期なんだけどな、気になって眠れやしない』

その声の主は、突然リュシアンの隣に現れた。透き通るような白い肌に銀髪の美青年――雪の高位精霊だった。

「あっ！　お前……まだ溶けてなかったのか！」

リュシアンの物言いに、雪の高位精霊がむっとしている。

『溶けないよ、雪だるまじゃあるまいし』

そう言うと手を軽く上げて、雪だるまを三つ、空から降らせた。

よくみると、ただの雪だるまではなく、身体から人間の頭が飛び出している。見覚えのある顔だった。山小屋でユベールを襲った刺客たちだ。彼らをどこかに放逐《ほうちく》してほしいと、雪の高位精霊に頼んだのだった。

刺客たちはぶるぶると震えながら謝罪を口にしている。

「ごめんなさい、ごめんなさい、もうしませんからここから出して」

どうやら精霊が彼らを、死なせない程度に預かってくれていたらしい。その間、何が起きていたのかは想像もつかないが……。

『じゃあ、ほら、言ってごらん。あそこにいる人の子は、君たちの何かな？』

雪の高位精霊がスミュール公爵を指さして、刺客の発言を促す。

「俺らの依頼主です！　山小屋のユベールっていう青年を傷つけてもいいから連れてこいと言われました、破格の報酬をくれるって……！」

スミュール公爵がユベールの横で青ざめていく。

雪の高位精霊は『これでいい？』とリュシアンに尋ねる。

「十分だが、あと一つ頼みがある」

こそ……と耳打ちすると、雪の高位精霊が「なんだそれくらい」と手を空に向けた。

直後、猛烈な吹雪があたりを襲う。

「うわ……っ、なぜ急に！」

スミュール公爵が目を閉じる。

その瞬間だった、目の前にリュシアンの背中が飛び込んで来たのは。

雪の高位精霊に頼んで、一瞬の隙を作ってもらったのだ。

リュシアンはそのまま公爵の手首を握り、短剣を取り上げる。そのまま確保すればいいものを、なぜか「雪で足が滑った」と彼のみぞおちに膝をめり込ませていた。

その場に昏倒《こんとう》するスミュール公爵。彼の騎士たちもリュシアンが舞うように剣を振り、たたきのめしてしまった。

「ユベール！」

全て終わると、リュシアンがぎゅうぎゅうに抱きついてきた。

「リュシアン……！　ごめんなさい、僕、だまされてしまって……！」

「だます方が悪いんだ、怖い思いをさせてすまない……けがはない？」

「ないです……ないけど、聞きたいことがたくさんあります……！」


スミュール公爵とその騎士たちを拘束し終わると、ユベールたちは雪の高位精霊に礼を告げた。

精霊は『今度こそ本当に休眠するからね』と言って、手を振りながら姿を消す。

不思議な現象を目撃した王宮の騎士たちは、首を何度もひねっている。幼児は第一王子だと名乗るし、みんなの前で全裸の大人姿になるし、雪の精霊らしき美青年が吹雪を発生させるし――で、混乱しているようだった。

その中でも、一番錯乱《さくらん》しているのはスミュール公爵だ。

「お前たちも！　私のようになるのだ！　これは王家の呪いなんだからな！」

拘束されて連行される公爵は、弟王子たちにそう吐き捨てる。

しかし、第二王子ベルナールは顔をゆがめて「はっ」と笑った。にっこりと人の良さそうな笑みしか見せなかった彼の、悪辣《あくらつ》な一面を見たような気がした。

「そんなわけないでしょう。私たちは兄上を尊敬しているし、ライバル心を燃やしても、あんたみたいに人の心は捨てませんよ」

それに第三王子のルイも同調し、口に手を当てて笑いをこらえてみせる。

「国王になれなかったのは、自分が王たる器《うつわ》じゃないからだってまだ気づいてないのですか？　四十も過ぎて？」

スミュール公爵の顔が歪む。それを真顔で止めたのはリュシアンだった。

「二人ともやめないか。愚か者は自分の愚かしさが自覚できないから、現実に起きたことを不当だと思い込むことで心の折り合いをつけるんだ。そっとしておいてやれ」

その言葉がリュシアンの狙い通り最も心をえぐったのか、公爵は力なくうなだれたまま、連行されていくのだった。

「リュシアン……」

ユベールはそう呼びかけて、彼の頬に触れた。

トクン、トクン、と水の精霊のエネルギーが循環しているのが分かる。解呪の魔石は成功したようだ。

「解呪、おめでとうございます」

「……ありがとう、ユベールのおかげだ」

「いつのまにかご兄弟とも仲直りされたようで」

「それは、あの幼い姿のおかげ……かな」

ははは、と乾いた笑いをする。後ろでベルナールが「幼児姿にはもう戻れぬのですか」などと、まるで幼児姿が本来かのような言い方をしている。少し前の自分を見ているようだ。

ひとまず王宮に戻り、ユベールを医者に診せることになった。殴られた際に口の中が切れただけだが、極度の緊張のせいか発熱してしまい、二日間の安静を言い渡された。

リュシアンが頻繁に部屋を訪ねてきてくれて、今回の事件の顛末を教えてくれる。

スミュール公爵は魂が抜けたような状態になり、全ての取り調べに素直に応じているという。王族に呪いをかけたこと、法に反すると分かっていながら魔石取り引きをしようとしたこと、魔石錬成士ユベールを拉致しようとしたこと——全ての罪を認めた。

第四王子への呪いによる王族の混乱に乗じて、魔石を手に入れて戦力を底上げし、クーデターを起こすつもりだった、と目的も自白した。来るべき日のために、国境に自身の兵を集めて待機させていたことも明らかになった。今後、正当な手続きで裁きにかけられ、重い刑を科せられることになるだろう。

驚いたのは、呪術師のシーナが王宮で雇用されたことだ。

本来罪に問われる立場だが、リュシアンがそれを希望しなかった。依頼主に反して機転を利かせ、呪いを苦しまないものにすり替えたこと、脅されて依頼を実行したことなどから、情状酌量の余地があるとして一年の監視付きに落ち着いたのだ。同時に「監視するなら王宮ですればいい」とリュシアンが呪術対策の要員として雇用してしまった。

「子どもを呪うと聞いて良心が痛み、依頼主の意思に反した呪具にすり替えた点は、人として信頼できると思ったんだ。ユベールの言うように、かなり精密な呪術式を作れるようだし、反呪に尽力してくれるだろう」

シーナと十歳の娘の顔が浮かぶ。王宮で雇用されるなら暮らしの心配はないだろうし、貴族たちから基準を超えた呪いの依頼を打診されることもなくなる。

「やっぱり、あなたはいい国王になります」

ユベールはベッドから身体を起こして、そう言った。

そう、彼はいい国王になって、貴族の女性を正妃に迎え、正当な後継者を授かり、盤石な王政を国民に示さなければならない――。

リュシアンは目を細めて、そっとこちらに顔を近づけてくる。

額にキスをされた。触れた唇はひんやりとして心地いい。

「これは……何のキスですか？」

「また聞くのか？　意地悪だな。元気になったら、とことん教えるぞ」

もうユベールには分かっていた。きっと彼も、自分と同じ気持ちなのだと。

部屋を出て行こうとするリュシアンの手を、ユベールはつかんだ。

「リュシアン……キスしてください」

心臓が飛び出そうなほど跳ねているが、それを悟らせないよう、静かにお願いした。

リュシアンは瞠目して、再度ベッドの横に腰掛ける。自分を見つめるエメラルドグリーンの瞳に吸い込まれそうだ。むしろ、このまま吸い込まれてしまいたい、と思った。

「……何のキス？」

リュシアンの問いに、ユベールはくすっと笑って「聞くなんて意地悪ですね」と答え、瞳を閉じる。

頬に大きな手が触れて、ゆっくりと唇を重ねてくれた。

今度は唇が温かく感じた。

「ん……っ」

リュシアンの指が、耳をなぞっていく。

（これは最初で最後の〝好きのキス〟だ）

唇からもらった彼の熱を、魂に刻み込みたかった。いつまでも覚えていられるように。
ひとりぼっちの生活に戻っても、その熱を思い出して生きていけるように――。

7

井戸からの水くみを終えると、ユベールは庭の花壇《かだん》への水やりを始めた。水と陽光の精霊たちが、飛び散る水滴に戯れる。精霊たちは普段より頻繁に姿を現してくれた。

「……気を遣ってくれてるんだよね、ありがとう」

王宮をこっそりと出て、モンテルシオ山の小屋に戻ってから四日が経過した。

帰ってきた山小屋は、住み慣れたはずなのに別人の家のような空気をしていた。

まだ、ひとりぼっちの自分に戻れていない。今朝は目玉焼きを二つ作ってしまった。そして今夜はハニーミルクを二杯、用意してしまった。

テーブルで向かい合う二脚の椅子の、どちらに座るのかまだ迷ってしまう。

ようやく座る場所を決めても、素朴なシチューを上品に食べる彼の姿勢の良さや、膝に座って斜め後ろから眺めるふっくらとした頬、おかわりを求めてくる偉そうな態度――リュシアンの残像があちこちに浮かび上がる。

王宮にはリュシアン宛てに手紙を残してきた。

『気楽な一人暮らしに戻ります。どうぞ素敵な王子妃を迎えて、僕たち国民を繁栄に導いてください。魔石錬成士として陰ながらお支えいたします』

直接的な言葉は書かなかったが、きっと伝わったはずだ。

リュシアンは世継ぎが必要なため〝産める性〟との婚姻をし国の頂に立たなければならない。ユベールは魔石錬成士として、人に極力関わらないように生きていかなければならない。

自分たちは違う世界に住むべきなのだ。どんなに計算しても、それが最適解だ。

それなのに。

作りすぎたハニーミルクをちびちびと飲みながら、いつの間にか泣いていた。

(最適解なのに、どうしてこんなに胸が苦しいんだ)

偉そうで、わがままで、強引で、物知りで、人を尊重できて、国民を大切に思っていて、地道な努力をする人で、低い声が甘くて、瞳が宝石みたいで、キスが優しくて——。

彼が王位継承者でなければ、自分が魔石錬成士でなければ。たらればを数えればきりがないのに、一緒に生きていける人生もあったかもしれないと想像するだけで、そのときだけは胸の痛みが和らぐ。

涙がマグカップに落ちていく。

ひとりぼっちが寂しいわけではない。リュシアンが一緒にいないことが寂しいのだ。

彼が使っていたマグカップを頬に当てた。これを小さな手で震えながら抱えていたリュシアンも、長い指でつまむように持っていたリュシアンも愛しい。

「リュシアン……」

思わず声に出すと、愛しさが募って余計に涙が出てきた。

いつかはいい思い出になるのだろうか。この胸の痛みが消えてなくなる日が来るのだろうか。

ユベールの髪を撫でてくれていた闇の精霊が、にわかに騒ぎ出した。なぜか驚いてくるくると飛び回っている。

まもなくして、コンコン、と小さなノック音が聞こえた。玄関扉からだ。

(まさか、そんな)

期待するな、彼に訪問されても困る、と自分に言い聞かせながら、扉を開く。

しかし、見回してもそこには誰もいなかった。

「あれ、石でもぶつかったかな」

ほっとしたような、がっかりしたような、複雑な心境で扉を閉めようとしたときだった。

「どこをみている、こっちだ、こっち」

足下から、聞き慣れた子どもの声がする。

「う、嘘だ……」

視線を足下にやると、そこにはぷっくりと頬を膨らませた黒髪の幼児——幼い姿のリュシアンがこちらをじとーっとにらんでいた。

「そ、そんな。完全に解呪できたはずだったんじゃ……」

ユベールは膝をついて、リュシアンの頬をつまんだり、頭をぐりぐりと触って確認したりする。

「計算を間違えてたのかな、それとも構成要件が——」

ぺち、と顔を正面からたたかれた。

「……おれからにげたな、ゆべーる」

赤くなった頬がぱんぱんに膨れて、リンゴのように見えてくる。

ユベールは静かに返事をした。

「……これが正しい決断なんです、殿下」

「おまえがかってに、ただちいとおもっているだけだから。おかげでおれは、おそろちいのろいに、かかったんだぞ」

「ど、どういうことですか！」

血の気が引いていく。スミュール公爵とは別に反乱分子がいたということなのだろうか。

「のろいをとくには、おまえのきょうりょくがひつようだ、ゆべーる」

「それはもちろん……ああ、どうしよう。せっかく呪いが解けたのに」

リュシアンは短い足をのたのたと折って膝を突く。胸元から出した小箱を、ユベールに向かって開いて見せた。

その中央には、琥珀《こはく》とエメラルドがあしらわれた美しい指輪が収められていた。

「ゆべーる、おれとけっこんちてくれ」

どっ……と心臓が一度、大きく跳ねた。

「おれにかかったのろいは、じょうけんつきのじゅじゅつだ」

設定された条件がそろえば呪いが解ける、というものだ。

「条件付きの呪いと結婚に何の関係が――」

問いただそうにも声が震えてうまく質問ができない。

「さいあいのひとをはんりょにする――というじょうけんつきら」

シーナにかけてもらった、とリュシアンは得意げに語る。

最愛の人、というフレーズにユベールは頬が熱くなる。そんなことしても、彼に何のメリットもないのに――。

「もちろん、ゆべーるには、ことわるけんりがある」

だけど、とリュシアンは短い人差し指を立てた。

「ゆべーるがおれのはんりょにならなかったら、おれはもとにもどれず、こどもからやりなおしだ。もちろんおういけいしょうけんもきえる。こどものままおうきゅうにいるのは、おれがかわいそうなので、ここでくらす」

「えっ」

断っても、子どものリュシアンがここに住み着くと聞いて、ユベールは声が裏返る。

なぜそうなるのだ、と問いただす矢先、リュシアンがにやりと笑った。

「あんずるな、おれははちゅいくがいいから、じゅうねんちょっとでおとなのからだになる。そちたらおまえをくどいてめとる。それまで、そだててもらうぞ」

「えっ？」

リュシアンの言葉に耳を疑った。プロポーズを受け入れても、断っても、時期が違うだけで結婚する、と言っているのだ。

「だから……」

リュシアンの小箱を持つ手が、震えていた。

「だから……いま、おれとけっこんちたほうが……のろいもとけて、おれのおさめるくにもみられて、おとくなんだぞ……」

リユシアンの眉間にしわが寄って、ほっぺがぷうと膨らんでいく。感情があふれてそのような顔になってしまっているらしい。

「おまえが、いいこくおうになれっていうなら、そのようになってやる。だから……いちばんそばで、みていてほちいんだ……」

リユシアンはいたたまれなくなったのか「こちらからは、いじょうです」と通信員のような台詞でプロポーズを締めくくる。

気づけばユベールは、ぼたぼたと涙をこぼしていた。

「本当に……あなたという人は……わがままで傲慢で勝手で……」

リユシアンが身体を縮めて「しゅまない」と謝っている。

「そんなかわいいところ、今後は僕にだけ見せてくださいね」

えっ、と顔を上げたリユシアンに、ユベールは左手を差し出した。

リユシアンは一瞬ぽかんとしていたが、慌てて指輪を取り出し、ユベールの薬指にはめようとする。

ころりと指輪を落としてしまい、もたもたと拾って自分に「このぷにぷにちたてがわるいんだ」と毒づく。

ユベールは、自分でこの姿になったくせに、とくすくす笑いながら、また涙を流した。

先ほどまでリュシアンを思って泣いていたのに、今度は嬉しくて泣いている。人間の感情は不思議なものだ。

自身に呪いをかけ王位継承権を失いかねない状況になってまで、ユベールと一緒に生きることを望んでくれたリュシアンに、何と礼を告げたらいいか分からなかった。

指輪を握り直してもたもたしているリュシアンの頬に、ユベールはチュッとキスをした。

「これは〝可愛いのキス〟ですよ」

そうして、小さな声で告げた。

「リュシアン……〝大好きのキス〟は大人のあなたとしたい」

リュシアンは頬を赤らめて、こくこくと何度もうなずき、左手薬指に琥珀とエメラルドの指輪をはめてくれた。二人の瞳の色だと気づいて、ユベールは思わず顔をほころばせる。

エメラルド色の大きな瞳が揺れて、ふやけていく。

「ああ、ことばかでない……おれ……うれちい……」

大きく一度瞬きをすると、ぽたりと大粒の涙がこぼれ、ユベールの指先に落ちた。

その瞬間、リュシアンが全身から発光する。あまりのまぶしさに目を閉じてしまい、再び目を開けると、そこにはエメラルド色の瞳を潤ませた、裸の美青年がひざまずいていた。

おとぎ話をユベールは思い出していた。

カエルになった王子様、野獣にされた城の主、小人になった勇者――みんな、愛する人のキスや愛の告白で元の姿を取り戻すのだ。

リュシアンにかけられた条件付きの呪いも、呪いとは名ばかりで、呪術者のシーナが仕掛けた演出装置ではないか、とユベールは思った。

「ユベール！」

リュシアンはユベールに抱きついた。ユベールも彼の背に手を回し「逃げてごめんなさい」と謝罪する。

「いいんだ、結婚してくれるなら許す」

偉そうな口ぶりのリュシアンに、ユベールは中に入るよう促した。雪はもう積もっていないとはいえ、夜の玄関先で全裸状態では風邪をひいてしまう。

ガウンを着せて、ハニーミルクを温めて出す。リュシアンはマグカップを指先でつまむように受け取ると「この味だ」とほっとしたような表情を浮かべた。

今度は喜びで胸がきゅうと苦しくなる。この光景を、もう二度と見られないと思っていたから。

「ユベール、大好きのキスはいつしてくれる？」

そう催促されると、とてもしにくい。それでも、ここまで自分を追ってきてくれた彼に比べたら、自分の振り絞る勇気などわずかだった。

椅子から立ち上がって、リュシアンの正面に立つ。椅子に座っている彼と、自分の目の高さがさほど差が無いのが少し悔しいが、それほど大きな彼が自分の伴侶なのだと思うと、頼もしい気持ちにもなる。

「目を閉じてください」

リュシアンは言われるがまま目をつむる。長いまつげが震えていて、そんな表情にも見とれてしまう。

そっと唇を重ねようとするが、どきどきして、少しずつしか顔を近づけられない。自分の周りを飛び回る闇と月光の精霊が、せかしているようにも感じる。

（だって勇気が……！　いつもの〝可愛いのキス〟じゃないんだぞ……！）

じれったくなったのか、闇の精霊がリュシアンの髪を引っ張り、月光の精霊がユベールの後頭部をぐいと押す。

勢いよく唇が重なり、それどころかユベールはバランスを崩してリュシアンに抱きついてしまった。

「……！」

驚いたのだろう、リュシアンの目がぱちっと開く。

そうして腰に手が回り、ユベールを強く強く抱きしめて、唇を深く重ねてくれた。

「ん……っ」

「口を開けて」

言われるがままに口を開くと、リュシアンの舌がぬるりと差し込まれる。

「……っ！」

身体をよじって唇を離そうとしたが、腰をしっかりとつかまれて動けない。

「逃げるな、ここからは〝愛し合うキス〟だ」

リュシアンはユベールをそのまま抱きかかえ、唇をむさぼりながら部屋を移動する。

寝室のベッドにユベールを押し倒すと、また唇を重ねた。

「んんっ、りゅ、リュシアン……っ息が」

一旦解放されるものの、また塞がれた。

「ああ、ようやく、おれのユベールになった。何度ここでお前を押し倒して身体から籠絡《ろうらく》したいと思ったことか……」

「そ……っ、そんなこと考えてたんですか、あっ……」

首筋を舐められて、思わず高い声が出る。

「自分が想像以上に俗物《ぞくぶつ》でショックだったよ。好きな子が同じ部屋にいるだけで獣になりそうになるんだから。ユベールの〝事前処理〟の手伝いをした後も、そのこと思い出して興奮したりして……」

リュシアンはそう打ち明けながら、ユベールの服を脱がし、くまなく舌を這わせていく。

「い、いつから僕のこと……」

「自覚し始めたのは、あの銀髪の精霊にキスされていたときかな、自分でも信じられないくらい頭にきてしまって情操教育というか性教育のさわりを伝えたものの、今度はそのせいで自分が手を出せなくなってしまった」

性的な行為をする意味合いを教わった夜の会話を、ユベールはぼんやりと思い出す。

『誰にでも大事なところを触らせたらだめだ。あの夜、俺がもし悪い男だったら、そのまま性のはけ口にされたかもしれないぞ。悪い男じゃないって？　容姿にだまされると痛い目にあうぞ』

『痛い目になんか遭いませんよ、リュシアンはお優しいから』

そんな会話で自制が効くのだから、やはり彼は誠実な人なのだとユベールは改めて思う。

「人に惚れて心臓が痛くなるなんて初めてで、膝から崩れ落ちたこともあったな」

確かに、小屋で魔石錬成をしていた際、彼が顔を赤くして床に膝をついたことがあった。心臓や肺の疾患を心配したが、あれは恋愛感情に戸惑っていた様子だったのかと思うと、ユベールは嬉しくて可愛くて、抱きしめてしまいたくなる。

そんなやりとりをしているうちに、あっという間に服を脱がされてしまった。部屋がひんやりとしているので少し震えてしまう。

リュシアンは羽織っていたガウンを脱いだ。ランプの明かりに照らされたたくましい肉体には、つい見とれてしまう。

（触りたい）

ユベールはつい手を伸ばしてしまった。その手首をつかまれ「好きなだけ触っていいぞ」と身体に手のひらを密着させられた。

「わ……ごつごつしてるけど……温かいです……肌もすべすべだ」

「か、感想は言わなくてもよい……」

リュシアンは少し照れたのかむすっとした顔になる。

「あの性教育の話、覚えてるか？」

「はい……あの、人間は繁殖目的以外にも性的接触を行う、接触濃度は信頼関係に比例しなければならない、特定部位の接触は愛ある相手のみ……です」

よくできました、とリュシアンがユベールの頬を撫でる。

「では問題だ。プロポーズを終えて互いの愛を確かめ合った俺たちは、その条件に合致するか否《いな》か」

一糸まとわぬ姿で抱き合っているというのに、なぜこんなことを聞くのだろう。そう不思議に思いつつ「合致します……」と素直に答えた。

「愛情とは、とお前に質問されたとき、俺は当てずっぽうで『一つになりたい、ずっと一緒にいたいと思うこと』と答えたが、今は真実だと言える。一つになりたいし、ずっと一緒にいたい」

「どうして、そこまで僕のことを……」

「生きとし生けるものに優しくて、心配になるくらい心が清らかで、俺の呪いを解くために一生懸命頑張ってくれている子を、好きにならないわけがないだろう」

鼻先が首筋に擦り付られると、身体が勝手にぞくぞくと反応してしまう。

「無垢なお前に俺が一から十まで教えたい。優しくするよ……俺にすべてを預けてくれるか？」

嬉しくて切なくて、ユベールの心臓がきゅうと音を立てる。

自分の首筋にキスを続けるリュシアンの頬に手を添え、視線を合わせた。

「僕も……あなたが庭で夜の鍛錬をする姿を見たときから、実はどきどきしていました。これが何か分からなかったけど……あの動悸は〝好き〟の始まりだったんですね」

自分からリュシアンに唇を重ねた。その後の深いキスの方法はよく分からないけれど、舌を使うのは先ほど知ったので、彼の唇をぺろりと舐めた。

「教えてください、心と身体で愛し合う方法……僕、覚えは早いほうなんです」

リュシアンは表情をくしゃっと崩して笑った。

そうして、始まりの合図のようなキスをする。

重いだろうから、と身体を反転させられ、リュシアンの上にユベールが乗る体勢になる。そこで初めて、彼の下半身がすでに猛《たけ》っていることを知る。

「あ……っ」

リュシアンがわざと腰を揺らして、ユベールの下半身に擦り付ける。その間もキスは深くなっていくので、ふわふわとした気分になっていく。

唇が塞がれているので鼻で呼吸をすると、リュシアンの香水と体臭の混じったいい香りも思い切り吸い込んでしまった。

(あ……リュシアンの香り……大人の男性の……上品でスパイシーな……)

肺いっぱいに彼の香りが満たされたと思うと、全身の血がたぎったような気がした。同時に下半身が熱くなり、もぞもぞと太ももを擦り合わせてしまう。

（触りたい……自分のも、リュシアンのも……）

好きなだけ触れていい、と言われたので、少し戸惑いながらも自分と彼の昂ぶったものに、指先で触れてみる。質量の違いに驚きつつも、相手の性器に触れたことで、自分が特別な何者かになれた気がした。

「すごい……大きくて、熱を持ってる……」

自分のと彼のでは、形状や大きさ、硬度、温り具合にどんな違いがあるのか気になって、触り比べをしてしまう。

「……一緒にしてくれるのか？　ユベールの手でしてもらえるなんて興奮するな」

「うまく出来るか——んっ」

また唇を塞がれる。キスをしながら陰茎《いんけい》を扱くという状況に、また脳内が反応して下半身がじんじんしてくる。

二人分の男性器を重ねるように手で愛撫していると、リュシアンもうっとりと気持ちよさそうな表情を浮かべこちらを見つめている。

（相手を気持ちよくするのも……こんなに嬉しいことなんだ……）

リュシアンの大きな手がユベールの臀部《でんぶ》を撫で、ゆっくりと揉みしだいた。

「そんな、お尻……っ」

「小さくて可愛い」

リュシアンがベッドから身体を起こしたので、ユベールは彼の膝に座って向かい合う。身体の狭間でよく見えなかった二人の性器がランプに照らされ、よけいにいやらしく見えてしまう。

リュシアンは片手だけ臀部から離して、今度はユベールの胸を愛撫した。

大きく揉みしだいたかと思ったら、胸の飾りを爪で優しくいたぶる。最初はくすぐったかったのに、なぜか次第にむずむずと身体がもどかしくなっていく。手で扱いている陰茎への刺激との相乗効果なのか、身体が甘く痺れたような状態になってしまう。

「あ……、へ、へんなかんじ……っ」

今度は胸の飾りをきゅっとつままれて、くにくにとすりつぶすように揉まれる。その刺激に追いやられたのか、ユベールの陰茎の先端から、透明な体液がさらにあふれ出す。

「んんぅ……っ」

気持ちよさと恥ずかしさに身体をよじってしまう自分を、リュシアンのエメラルド色の瞳がじっと見ている。息が荒い。自分のみっともない姿にどうやら興奮しているようだった。

「たまらないな……」

　太い腕でユベールの腰を抱き寄せ、胸元に唇を近づける。淡い実に吸い付いたかと思うと、舌先でもてあそばれる。転がしたり、押しつぶしたり――。

「ああっ、うそ……っ、そんな赤ちゃんみたいに……っ」

「唇も胸も甘いな……ずっと味わっていたくなる」

　ぷっくりと膨れた乳首に甘く歯が立てられると、ユベールはくらくらして、思わず愛撫していた二人の陰茎を手放してしまった。

　それをいいことに、ころりと転がされ、リュシアンはユベールの太ももの間に顔を埋める。昂ぶっているユベールの先端が、舌でぞろりと舐め上げられた。

「んっ、あああっ」

　びくびくと腰が浮いてしまう。その反応に気をよくしたのか、リュシアンはそのまま口の中へとユベールの陰茎を導いた。

「ふぁあああっ、な、なに、これっ……すごい……っへんな声……ってちゃう……っ」

　リュシアンはこちらに挑発的な視線を送りながら、ユベールを口淫《こういん》でよがらせた。

　経験したことのない気持ちよさをどうしたらいいか分からず、なんとか逃そうと身体をよじったり足をじたばたしたりする。

リュシアンが一度陰茎から口を離して、こう告げた。

「怖がらなくていい、高め合って快楽を与えたり与えられたりすることは悪いことじゃない。愛する人とするのは幸せなことなんだ……逃げずに受け止めてくれ」

再びユベールの雄の象徴を、リュシアンが口に含んだ。

唇だけでなく、舌で、上顎で、ユベールのものを美味しそうに愛撫していく。

「すごい……リュシアン……っ、あ……でちゃうでちゃう、放して……っ」

子種がこみ上げてくる。このままではリュシアンの口内に粗相《そそう》をしてしまう、と慌ててリュシアンの頭を股間から離そうとする。が、がっちりと太ももをつかまれてしまう。

「だめ、もう出ちゃうから……あああっ」

びくんと腰が揺れ、リュシアンの口の中へと精を放ってしまう。放たれた方はそっと目を閉じて、まるで蜜でも飲んでいるかのように最後まで啜っていた。

気持ちのよさが体中を駆け巡って、ベッドにぐったりしてしまう。リュシアンの口内を汚してしまったことへの申し訳なさに苛まれながら。

リュシアンはようやく口を離して「気持ちよかった？」と聞いてくる。褒められるのを待っているかのような、そんな表情だ。

何度もうなずいて、ぴくぴくと震える身体を起こす。ユベールの反応にリュシアンはぱっと表情を明るくした。

「こんな愛撫、初めてしたから緊張してしまった……でも」

ユベールをもう一度ベッドに押し倒し、直線を描くように爪で下腹部をなぞった。

「すごく興奮した、俺の口でユベールが達してくれて……可愛くていやらしくて……」

蜜を煮詰めたような優しく甘い言葉に、ユベールは自分が心臓病にでもなったかと思った。

リュシアンの長い指が、ユベールの陰茎から陰嚢《いんのう》をなぞり会陰部《えいんぶ》をすりすりと擦る。くすぐったくて、もどかしくて、でもその間もじっと見つめられているので、ユベールは彼を見つめ返して喘《あえ》ぐことしかできない。

リュシアンは愛撫を続けながら、ユベールと視線が合っては微笑み、何度も唇を重ねてくる。

「大人の姿でユベールにキスがしたくて、昼間の幼い姿のときに〝可愛いのキス〟をねだってお返しをしていたが、これからは遠慮しなくていいな。一日中ずっとキスできる」

「い……っ、一日中キスしてたら……お仕事できな……っあぁっ」

言葉を返している間も、体中を愛撫されて甘いしびれが収まらない。

「一日中俺のそばにいてくれたらできるよ。ユベールだって、ずっと俺を膝に乗せてチュッチュしてたじゃないか。俺もそうする」

「あれは、リュシアンが幼い――ああっ」

彼の指が、双丘の狭間に滑り込む。

「ずっと膝に乗せて、振り向かせてはキスをして、腰をなでて、耳を食《は》んで、うなじにいくつもキスマークをつけて――」

指が蕾の中にぬるりと埋められていく。滑りがいいのは、きっとユベールが就寝前に保湿に使っている香油を塗布したからだろう。

「あ、あ……っ」

初めての行為に身体がこわばって、リュシアンの指を阻んでしまう。すると耳元でこうささやかれた。

「好きだよ、ユベール。食べてしまいたいくらい……俺を中に入れてくれ」

とろ……と耳から蜜のような言葉を流し込まれる。ユベールの身体はふにゃふにゃと弛緩し、その隙に、リュシアンが後ろを優しく丁寧にほぐしていく。

「はやく一つになりたいけど、痛い思い出にはしたくないからな」

唇が塞がれ、くちゅ……とリュシアンの舌が滑り込む。ユベールもそれに応えたくて懸命に舌を出すがうまく動かせない。それでも舌の表面がこすれ合う刺激は、脳を麻痺《まひ》させるのには十分だった。

呼吸に困るほどのキスをされたまま、後孔《こうこう》をぐずぐずにされていく。胸や陰茎への愛撫も同時にされるので、ユベールは天地さえ分からなくなった。

特に指で刺激される腹の内側には、想像もつかない快楽の装置があるようで、とある膨らみを指の腹でくるくるとなぞられると、何度も射精してしまう。

「あっ、あーっ、また、ンッ……あああああっ」

もう子種が空《から》になったのか、達しても体液が出てこなくなった。

「りゅ、リュシアン……もう出ません……っ、出ませんから……っ」

「勘違いするな、子種の処理のためにこうしているわけではない」

「ではなんの……ためにっ……」

「互いが気持ちよく一つになるためには受け入れる側の準備が必要なんだ……性行為がつらいものだと今後したくなくなるだろう？」

リュシアンが後ろから指をゆっくりと抜いていく。それを見て驚いたのだが、人差し指から薬指まで三本も入っていたのだ。

リュシアンが覆い被さる。ユベールの太ももを持ち上げ、先ほどまで指が入っていたそこに、自身の雄をこすりつけた。ユベールが手で愛撫していたときより、さらに膨張している気がした。

「怖がらなくていい、ゆっくり……するから……」

リュシアンがユベールに体重をかけてギュッと抱きしめてくる。たくましい身体とリュシアンの香りに包まれてほっとしたのか、身体の力が抜けていく。

その瞬間、ぐっ……と大きくて熱い切っ先が、ユベールの体内に押し入る。

「う……っ、ン」

圧迫感に驚いて声が出てしまったが、リュシアンの準備のおかげか痛みはない。それよりも、ユベールの中に雄を埋めていくリュシアンの色気が壮絶で、そちらで息が止まりそうになる。

リュシアンはうっすらと額に汗を浮かべ愛しそうに目を細めた。何かに耐えるように眉根を寄せているその顔が、ユベールをより興奮させる。

「リュシアン……？　苦しいですか……？」

「いや……嬉しくて」

その言葉の意味が分からず首をかしげると、リュシアンがまぶたにキスをくれた。

「愛しい人と繋がる喜びは、快楽を何倍にもするんだな」

リュシアンの身体が何かに耐えるように震えている。少しずつ押し進められる彼の雄がドクドクと脈打っているのが分かる。

「獣にならないぞ俺は、獣には……」

目を閉じて、言い聞かせるようにそう念じている。ユベールの身体を気遣ってゆっくり、ゆっくりと中に挿入する間、彼の長いまつげも一緒に震えていて、顎を伝う汗がとても美しく見えた。

ユベールは腕をリュシアンの首に回し、彼の顔をのぞき込んで鼻先にかぷ、と甘く歯を立てた。彼が不思議そうにこちらを見るので、こう伝えた。

「これは〝可愛いのひと咬み〟なので、獣のリュシアンからお返しをしてください……どうかあなたの忍耐はここまでに」

自分ばかりを気遣って、彼にばかり耐えさせるのは〝愛し合い〟ではない、とユベールは思った。

「こう見えても山育ちです、少しは体力あるんですよ」

リュシアンの首に回した腕をぐいと引き寄せ、身体を密着させる。

大きく息を吐いたリュシアンが、ゆっくりと腰を動かし始めた。

「ああ……すまない……もう衝動が抑えられそうにない」

そう言い終えるやいなや、ずるりと男根が引き抜かれ、また奥まで押し入られた。

「ンッ、あああああっ」

抜き差しされる昂ぶりが、古いベッドのスプリングとユベールの身体を大きく弾ませる。ズッ、ズッ、という粘膜がこすれ合う音と、ベッドがきしむ音、その振動で揺れる置物の音、そしてユベールの嬌声が部屋の中で共鳴する。

想像以上に激しい抽挿にユベールが悶える。リュシアンは絞り出すような声で懇願した。

「ああ……俺を嫌いにならないでくれ……無垢なユベールにこんな情欲を押しつけて……っ」

「嫌いになんか……なりませ……んっ」

身体を揺さぶられるたびに、リュシアンのごつごつとした男根が内壁を擦っているのが分かる。リュシアンは身体をユベールごと起こし、今度は自分に跨がらせる体勢で下から突き上げた。ユベールの臀部を抱えて持ち上げては落とし、その反動に合わせて腰を突き上げる。

互いの動きが刺激と快楽を増幅させ、ユベールの目の前に火花を散らせた。

「ひ……ひぁ……っん」

「ああ……すごい、ユベールの中が……俺でいっぱいに……っ」

汗ばんだ肉のぶつかる音は、ばつ、ばつ、と部屋に鈍く響く。まだ春先で寒いのに、室

温はどんどん上がっているように感じた。

「ああっ、へんになりそう……っ、もう出ないのに……なにか来ちゃう……っ」

へなりと身体が倒れて、繋がったままリュシアンに密着する。その体勢になると、リュシアンの雄が刺激する箇所が変わり、彼が突き上げるたびに新たな快楽が全身を駆け巡る。

「はっ……うそ……っ、ああっ」

「っ……顔を見せてユベール……口を開けて」

リュシアンがユベールに請う。応じると、舌を食まれ吸い上げられた。そのまま激しいキスで口を塞がれる。

唾液を交換しながらの抽挿は、さらに昂ぶった。芯まで交わっているような感覚と悦びが、ユベールの脳内を駆け巡る。

（こんなの知らない……他人から与えられる刺激のほうが強いって聞いていたけど、こんなに……脳が溶けそうになるなんて……！）

「リュシアンっ、リュシアンっ……！」

ユベールは喘ぎながら恋人の名を呼ぶ。リュシアンは返事の代わりに、さらに深いキスをした。

（高め合うってこういうことなんだ……ただ性欲の処理ではなくて、二人で愛ある快楽を分かち合って……）

リュシアンの『食べてしまいたい』という言葉がふと蘇る。今はユベールも同じように感じていた。自分の中に彼を取り込んで、閉じ込めてしまいたいとすら――。

身体をころりと転がされ、片足を持ち上げた横臥位《おうがい》で後ろから再び挿入される。リュシアンは激しく腰を打ち付けながら、ユベールの首の付け根を甘く噛んだ。

その歯が肉に食い込む感触も、ユベールをまた絶頂に導く材料にしかならない。

「好きだ……好きだユベール……」

中で暴れているリュシアンの怒張が、一層大きくなった気がする。ユベールもまた快楽の泉があふれてこぼれそうになっていた。

「僕も大好きです、リュシアンっ、あなたと家族になれるなんて……幸せです……っ」

律動が激しくなる。振り向いたユベールの唇をリュシアンはむさぼり二人で昇りつめる。

「ん、リュシア……ン……っ、あああッ」

「ユベール、一生愛すよ……大切にする……っ」

わななくユベールの中に、リュシアンが飛沫《しぶき》を放つ。どくどくと注がれる精をユベールはじわりとした熱で感じるのだった。

「ああ……っ、すごい……熱くて……」

ユベールが下腹部に手で触れる。なぜかその熱が冷めるのが惜しい気がして。

覆い被さってきたリュシアンに唇を吸われた。

「気持ちがよかったな……ありがとう、身体は大丈夫か？」

「僕の方こそ、いっぱい気持ちよくしてもらって……幸せです……身体も平気」

愛しさがあふれ、キスが止まらない。ちゅ、ちゅ、と音を立てて吸ってしまう。唇が離れると寂しくなって、ユベールはまた口をとがらせてねだった。

「ユベール……そんなにねだられると、また興奮してしまうから」

リュシアンが困ったように頬を撫でる。ユベールはもっと甘えたくなった。

「だって……もっとキスしたい……」

身体は疲れているけれど、まだまだ心がくっつきたがっているのだ。

するとリュシアンがのしっとユベールに跨がり、黒髪をかき上げた。ランプの光を反射した瞳が宝石のようにきらめく。彼の身体が熱を持って汗を蒸発させているのか、白い湯気のようなものが立ち上る。

「そうか……もっと、か。初めてとはいえ……男の子だもんな、頑張れるよな？」

どこかで聞いたような台詞を吐いたリュシアンは、ユベールの首筋に勢いよく吸い付いた。

ユベールは再びきしむベッドの上で啼《な》かされることになるのだった。

国内随一の色男と呼ばれた第一王子リュシアンと、国内唯一の魔石錬成士ユベールとの結婚式は国中を沸かせた。

世継ぎの懸念からよく思わない貴族も少なくなかったが、魔石の恩恵にあずかってきた国民たちからは大歓迎されることとなった。

国王夫妻も、二人の絆《きずな》の強さに心打たれ、ユベールを第一王子の正妃として迎えることを歓迎してくれた。

第二王子のベルナールなどは「兄上が幸せならば何でもよいのです」と式の間じゅう泣いていたし、第三王子のルイはこの結婚式を成功させるために、目の下に深いくまをつくってまで駆けずり回ってくれていた。

やりとりから感じてはいたが、第二、第三王子がこれほどまで〝お兄ちゃん大好きっ子〟だとは――。「王位継承レース」で切磋琢磨することが、兄と深く関われる最大の舞台だと思って頑張ってきたのだと聞き、ユベールは頼もしくも感じていた。

リュシアンが呪われた幼い姿を見せたあたりから、兄への愛を隠さなくなったようで、もうリュシアンも弟たちのひねくれた愛を敵意やライバル心だと勘違いすることもないだろう。世継ぎを持たないと宣言したリュシアンが国王に即位した際は、そのまま弟たちが王位継承者となる予定だ。きっと円満に引き継いでくれるに違いない。

真っ白の正装で身を固めた二人が神殿での挙式を終えて、王都を見渡せるテラスに出ると、一目見ようと集まってきた国民たちが歓声を上げていた。

「初めての恋がこんな形で実るなんて……リュシアンを好きになったときは想像もしていませんでした」

ユベールは大勢の祝福に目を潤ませる。リュシアンはユベールの肩を抱きながら国民に手を振っていた。

「俺は早いうちから想像していたぞ？」

「えっ？　いつからですか？」

山小屋から王宮に移動する際、宿屋で一泊したときに交わした約束を、リュシアンが復唱した。

「言っただろう？　俺が幼い姿で『のろいがとけるまでは、おうじひこうほ、だ』って」

「言ってましたけど……」

「呪いが解けるまでは王子妃候補。解けたら『候補』が取れて、王子妃ってことだ」

あのとき、天使のような微笑みで「やくそくだぞ」と手を握ってきたときには、もうそのつもりだったというのだ。

「えええええっ！　そんな勝手な……！」

「勝手な俺も好きだって言ってくれたじゃないか」

機嫌直せよ、とユベールの腰に手を回し抱き寄せる。頬に何度もキスをされるが、やはり怒りが収まらない。

「勝手すぎますよ！　もう知りません、リュシアンなんて！」

そう言い放った瞬間、ぽんっ、と聞き慣れた音がする。

自分の腰を抱いていた、リュシアンの姿が消えた。

「えっ？　リュシアン……？」

彼の来ていた花婿衣装だけが、足下にこんもりと残っている。

「ど、どこ……？　リュシアン！」

あたりを見回して叫ぶと「ここだ」と花婿衣装の中から声がする。

衣装の中から顔をぴょこんと出したのは、黒髪に、エメラルド色の大きな瞳をぱちぱちとさせた幼児――幼い姿のリュシアンだった。

「なんら？　いきなりちっちゃくなったぞ！」

ユベールは「あっ」と自分の口を手で塞ぐ。

「そうか、『最愛の人を伴侶にする』という条件付きの呪いだから……」

その最愛の人がリュシアンを「もう知らない」と伴侶をやめるかのような言動をしたため、呪いが復活してしまったのだ。

リュシアンが頬をぶうと膨らまして、ぷるぷると震えている。

「ごめんなさい、リュシアン。僕が変なこと言っちゃったから……」

また愛を確かめ合えば、リュシアンは元に戻れるはずだ。とんだトラブルだけれど、再び愛らしいリュシアンに会えて、ユベールは少し嬉しい。

むくれたリュシアンは、ぶかぶかの花婿衣装の中でじたばたしながら、こうわめいた。

「ゆべーる！　おれともういっかい、けっこんちろ！」

おわり

あとがき

こんにちは、またははじめまして、滝沢晴《たきざわはれ》です。

このたびは「幼児になった呪われ王子に口説《くど》かれています　～昼は三歳児、夜は美青年と山暮らし～」をお迎えいただき、誠にありがとうございました。

いかがでしたでしょうか。今回は「おれとけっこんちてくれ」と言わせたいがために、攻《せ》めを幼児にしました。

私の場合、物語の取っ掛かりは「こんなキャラのこんな台詞《せりふ》を読みたい」「こんな場面が読みたい」とか、ふとした思いつきがとても多いです。そういうときって、意外とすんなり組み立てがうまくいくんですよね。直感って大事ですね。

そんな可愛い攻めちゃんであるリュシアンは、夜には色気たっぷりの美王子となります。これも我《わ》が萌《も》えをこれでもかと詰め込みました。ちびっ子も美青年も、一キャラで楽しめるのですから、なんとお得なのでしょう。騎士体型だったリュシアンが、三歳児の身体と体力に困惑している場面が好きで、しつこく何度もそんな場面を作ってしまいました……。充電が切れてお昼寝始まっちゃうところも自作ながら、本当に好きです。

　さらに攻めが呪われているだけでなく、ユベールも世間離れした純粋培養《ばいよう》くん。この二人の化学反応が楽しくて、書きながらくすくすと笑ってしまうことがよくありました。

　あの「事前処理」を教えるくだり、我ながら本当に変態だなと思って書きました。みなさん読みながら「こらこらヘチマで擦《こす》ろうとすな」って突っ込んでくださったでしょうか。そりゃあリュシアンも放っておけませんよね。ユベール、勤勉すぎて頭のネジがどっかいっちゃったのでは、と思いながら書きました。ヘチマはだめ。

　今回、見慣れない職業「魔石錬成士《れんせいし》」が出てきました。これは、私が天然石が好きなので盛り込みました。ただの魔法使いでもよかったのかもしれませんが、石に精霊の力が込められている設定が昔から好きで……。水晶に精霊の力を借りて魔石を作るって夢がありませんか。時間をかけてじっくりと錬成しなければならない、という点も個人的に好きな点でした。職人の一点物なんですよ……！

　こんな感じで本当に楽しく書けた物語でした。作家が面白がって書き上げた作品が、なんだかんだで一番楽しんでいただけるのだと信じています！

私の「好き」を詰め込んだキャラや世界観を、亜樹良《あきら》のりかず先生がとっても美麗に、そして愛らしく描いてくださいました。

キャララフいただいた瞬間から、ユベールやリュシアンが生きて動いているような感覚になりました。ちびリュシアンがぷうっと頬を膨らませているラフ画が本当に愛《いと》しくて愛しくて……！　まさに命を吹き込んでいただきました。本当にありがとうございました。

今回、あとがきのページを多めにいただいているので、少し近況を。

昨年末で二十年近く勤めていた会社を退職しました。家族の転勤によるもので、子どももまだ小学生なものですから、これも転機かと思って辞めることにしました。かといって小説を書くペースが速くなるわけではないのですが、やはり会社仕事のストレスが減ったぶん、小説のことを考える時間が増えた気がします。

それでも、会社員としてやってきたことがぷつりと途切れた感覚はないんです。その仕事で出会った社内外の人たちから、たくさんの価値観のかけらをもらいました。それがいつしか自分の引き出しとなっていて、物語を肉付けしているという実感があるからです。

育ててくださった方々に感謝しつつ、しっかりといいお話を書いていけたらと思っています。

私の「これ書きたい！」という思いを汲み取ってくださり、執筆を任せてくださった担当さま、制作や流通に関わってくださったみなさま、本作もお世話になりました。いつも本当にありがとうございます。

何より、日ごろ応援してくださる読者さま、または、今回初めて滝沢の本をお手にとってくださったあなたさまに、心より御礼申し上げます。この物語が、少しでもみなさまの日々の楽しみや癒やしになれたら幸いです。

本作ではどんな場面が印象に残ったでしょうか。私と一緒だったら嬉しいなと思います し、違う場面だったら「なるほど、取り入れていこう」と学びになります。ご感想やレビューなどで教えていただけると幸いです。ＳＮＳ上でのご投稿もお待ちしております。

また物語を通して、みなさまにお会いできますように。

滝沢　晴

セシル文庫をお買い上げいただき、ありがとうございます。
この本を読んでのご意見・ご感想・ファンレターをお待ちしております。

☆あて先☆
〒154-0002　東京都世田谷区下馬6-15-4
コスミック出版　セシル編集部
「滝沢 晴先生」「亜樹良のりかず先生」または「感想」「お問い合わせ」係
→Eメールでも OK！ cecil@cosmicpub.jp

セシル文庫

幼児《ようじ》になった呪《のろ》われ王子《おうじ》に口説《くど》かれています

〜 昼は三歳児、夜は美青年と山暮らし 〜

2025年 4月 1日　初版発行

【著 者】　滝沢《たきざわ》 晴《はれ》
【発 行 人】　松岡太朗
【発 行】　株式会社コスミック出版
〒154-0002　東京都世田谷区下馬 6-15-4
【お問い合わせ】　- 営業部 -　TEL 03(5432)7084　FAX 03(5432)7088
- 編集部 -　TEL 03(5432)7086　FAX 03(5432)7090
【ホームページ】　https://www.cosmicpub.com/
【振替口座】　00110-8-611382
【印刷／製本】　中央精版印刷株式会社

乱丁・落丁本は、小社へ直接お送り下さい。郵送料小社負担にてお取り替え致します。
定価はカバーに表示してあります。

ISBN978-4-7747-6637-9 C0193